Antonio y otros Ángeles

Cuentos de ficción sobre Ángeles

Rebecca Sepúlveda
"Bk Sepu"

Antonio y otros Ángeles
Por: Rebecca Sepúlveda Negrón
Copyright @ 2019 Rebecca Sepúlveda

No se puede reproducir este libro, en todo o parte, sin consentimiento por escrito de la autora. Impreso en los Estados Unidos de América.

Foto portada: Stay Focused Photography, Carlos Adorno
Diseño Portada: New Minds, Jahdiel Rivera
Editado por: Vionette Pietri J.D.

Dedicatoria

Este libro se lo dedico primeramente a Dios porque tomó de su tiempo para inspirarme cada palabra aquí plasmada. Lo sé, porque reconozco mis límites y su poder. Te dedico este libro por presentarme en el camino a personas que han sido claves para lograr este proyecto. Gracias por darme la visión de poder identificar los ángeles que me han ayudado a pelear mis batallas y a darme valor en mi proceso de transformación. Este libro fue hecho por Tí y para Tí. Gracias por tocar mi vida y por los milagros que has realizado en ella.

A mis padres, Rafael y Margarita, los primeros ángeles que Dios puso en mi camino. Quienes me brindaron un hogar lleno de amor, me criaron con una base firme de valores, y con una educación cristiana. Son personas ejemplares y trabajadoras como pocas he conocido.

A mis retoños, Carlos Rafael y Charlene Raquel, quienes han sido mi musa, mi razón de vivir, mi alegría y quienes me dan de su valioso tiempo para compartir sueños en común. No hay palabras para describir lo orgullosa que me siento, no solamente por sus logros, sino por los jóvenes adultos nobles en que se han convertido.

Prólogo

Tuve el gusto de conocer a Rebecca un tiempo atrás cuando logró ser la feliz dueña de una propiedad, pues la representaba como agente de bienes raíces. Cuando la conocí me impactó su dulzura y su amabilidad. Luego conocí su faceta maternal, una bella madre de dos jovencitos, y su corazón cristiano.

Luego, me apoyo en el lanzamiento de mi libro *Diciéndole Adiós al Amor de mi Vida.* Pero no es hasta unas semanas atrás que me entero que Rebecca es una escritora con gran inventiva y creatividad. Me llama un día para preguntar el costo de mis servicios de edición y me cuenta sobre los cuentos compartidos en este libro. Quedé impactada pues desconocía de sus talentos y dones como escritora.

Cuando nos reunirnos quedé impresionada con cada uno de los cuentos que van a leer.

Una mujer cristiana que lleva un mensaje de amor a Dios tan sublime, a través de unos cuentos tan bien narrados, que estoy segura van a llegar al corazón de niños, adolescentes y adultos.

En cada cuento Rebecca te hace pensar en tu fe, te hace cuestionarte si de verdad crees en Dios, o si solamente cumples con lo que te han educado. Ir a la iglesia porque si, o si tienes una fe tan fuerte que mueve montañas.

A través de los ángeles que vas a conocer en este libro vas a identificar tal vez historias parecidas en tu vida. O tal vez ángeles que han pasado por tu vida inadvertidamente.

Muchas historias son ficción, pero con un mensaje tan bien delineado que creo firmemente el Espíritu Santo iluminó a Rebecca para compartir estas apasionantes historias con todos.

Un libro que puede ser un excelente recurso para educar, para concientizar, para llevar un mensaje de esperanza y fe.

Desde historias de amor, hasta historias del futuro que te sorprenderán, pero sobre todo lo más importante que sobresale en cada historia: la fe inquebrantable que lo puede todo.

Estoy segura van a disfrutar este libro escrito por el corazón de una mujer pura, cristiana, real. Una mujer que no se rinde ante las adversidades. Que ve en cada situación negativa una oportunidad para crecer. Vi en algunos personajes la bondad y el carácter afable de Rebecca. Entre ficción y su propia historia personal entrelazada entre los personajes, van a conocer unos ángeles que van a transformar sus vidas.

Vionette Pietri, J.D.
Autora/Conferencista internacional
www.latinasempowerment.com

Introducción

Este libro surgió con un simple cuento, escrito como un desahogo en una etapa de mi vida donde me encontraba con muchas interrogantes. En ese momento de incertidumbre pude descubrir que en esta jornada de la vida muchos compartimos situaciones similares.

Quizás te sientes identificado porque has pasado muchos obstáculos, porque de eso se trata la vida. En estos cuentos muestro la humanidad en los ángeles para que entiendas la majestuosidad de los seres humanos. Tenemos que reconocer que, aunque tendremos pruebas en el camino, somos poderosos.

Soy una mujer como muchas; soy madre, soy hija, soy hermana y soy amiga. He tenido logros y estoy muy feliz por ellos, pero los más significativos fueron los que consideramos como experiencias negativas. No por la situación sino por la actitud que tomé ante la adversidad. No me rendí.

Uno nunca se prepara para afrontar una pérdida; nos acostumbramos a la presencia física de las personas que amamos y por eso se nos hace difícil aceptar la partida por fallecimiento de nuestros seres queridos.

Otra pérdida dolorosa en el ambiente familiar es comenzar una nueva vida luego de un proceso de divorcio. Los tropiezos nos limitan, pero decidí lanzarme siguiendo el ejemplo de muchas mujeres poderosas que han inspirado mi vida.

Te invito a que transformes lo negativo en fortaleza. Identifica tus virtudes y visualiza de todo lo que eres capaz. Sé tú mismo sin tratar de encajar en un molde o agradar a otros. Todos somos diferentes y esa es la belleza de la diversidad.

La vida no es una audición para demostrar lo perfecto que somos. Solo vívela y disfrútala. No fuimos creados para ser perfectos, sino felices. Busca todo lo bello de este mundo incluyendo a los ángeles que muchas veces se disfrazan de amigos.

En el transcurso de escribir mi primer cuento me surgieron nuevas ideas para otros. Sin saber el propósito, yo solo obedecía y escribía. En cierto momento, este capricho de escritura se convirtió en un sueño personal. Me di cuenta de que yo también merecía dejar un legado en este mundo y comencé a tomar con mayor seriedad este proyecto. De una descabellada idea, por ser inexperta en el campo, todo tomó un nuevo giro. Al aceptar el reto, comenzaron a suceder cosas bellas en mi vida que apoyaron el que hoy te entregue este escrito inspirado en mis experiencias y en mi amor a Dios.

Que este libro te sirva de inspiración porque si yo pude lograr esto, tú también puedes lograr grandes cosas. Aquí tienes mi legado.

No podrá la desgracia dominarte ni la plaga acercarse a tu morada, pues ha dado a sus ángeles la orden de protegerte en todos tus caminos. En sus manos te habrán de sostener para que no tropiece tu pie en alguna piedra;

- Salmos 91:10-12

Índice

Dedicatoria	3
Prólogo	4
Introducción	6
La Mujer Perfecta	10
Mi Día Favorito	142
Antonio y otros Ángeles	148
El Ultimo Caído	168
Sobre la Autora	226
Contrataciones	228

Antonio y otros Ángeles

La Mujer Perfecta

(Esta historia es basada en el futuro, donde la ciencia tiene el control del mundo)

Eugenia: ¡Pues, claro que te entiendo! Muchos quisieran conocer al hombre o la mujer perfecta. No de perfección genética como somos hoy, manipulados al crear niños, sino como era antes en los tiempos pasados cuando el creador, mi Dios, era respetado. Cuéntame qué sucedió con tu amiguita.

Joshua: Es que tenemos intereses diferentes. Yo tengo un mal y es que digo lo que siento y como soy un creyente fervoroso, a veces hablo de más del tema. Sabes que últimamente está medio prohibido porque incomodamos a los no creyentes y violamos sus derechos. Además, no podemos invadir la privacidad de los demás y siento que ella se aprovecha de estas leyes por no decirme claramente que no es creyente. A veces me reta con preguntas de Dios y del cristianismo que no sé contestarle. Quisiera saber más sobre tantos misterios del mundo. También hay otras cosas como la discusión que tuve con ella casi ahora. Le pedí que me acompañara a venir aquí, a mi lugar favorito y me criticó el que me gustan tantos los museos, porque ella prefiere visitar los museos cibernéticos desde la comodidad de su hogar. Pero a mí me apasiona averiguar del pasado y en especial esta área de libros que es mi favorita. No sé por qué descontinuaron los libros. Por lo menos prevalece esta biblioteca dentro del museo. Me encanta leer y ella piensa que es prehistórico. Pensar que antes todo era leído, hasta el hermoso papel de periódico. Hoy todo es en videos olvidándonos de la comunicación escrita. También quería que viniera a conocerte. ¡Sabía que estarías aquí! Tú y yo somos de los pocos que visitamos este lugar. Quería que ella escuchara alguna de tus historias del pasado. Cuando me cuentas historias haces que me transporte al mundo histórico. (Pensativo) ¡Bueno, ella se lo pierde!

Eugenia: El amor es difícil, pero hay que ser realista en el tema. Es imperdonable el dejarse llevar por los sentimientos obviando detalles importantes como los intereses, los sueños, el cómo ven el futuro, las creencias, y los valores. Como también es importante tomar en consideración las relaciones con sus familiares. Hay que ser un poco analítico, pero no extremista. Sé de muchas historias románticas donde las personas normales conocían a su pareja ideal por la gracia de Dios. No te asustes, sé que este es un tema prohibido, pero de todos modos esta vieja sabia desea contarte su historia favorita. Además, es una historia del pasado, y como dices, te encanta que te cuente sobre esos tiempos. Esta historia no es tan antigua porque comenzó en los tiempos del "megollo". Así le digo yo a esos años en que se había aprobado la ley de que los fetos debían ser manipulados genéticamente para evitar enfermedades y malformaciones de todo tipo, hasta de la conducta. A la mamá de María nadie la engañaba. Desde el principio ella supo que eso se saldría de contexto y así fue. Comenzaron los avariciosos, en especial los ricos que pagaban mejor para tener los hijos más bellos, inteligentes, educados, sin los miles de DD's que existían antes.

Joshua: Nunca he entendido muy bien lo de "Niños DD's" pero me has contado que eran diferentes condiciones de la conducta y que la mayoría de ellos eran muy enérgicos. ¿Cierto?

Eugenia: Cierto. Muchos solo mostraban su felicidad.

Joshua: Explícame bien lo que era el tiempo de la... ¿Megollo, Megolla?

Eugenia: El tiempo del Megollo era cuando existían y convivían personas del viejo mundo "con defectos" y personas como tú, genéticamente perfectos. Debes imaginarte lo difícil que era relacionarse con personas tan distintas y más cuando algunos eran vistos como inferiores. La concepción genética se salió un poco de contexto y algunos padres se preocupaban más por el aspecto físico de sus hijos que por su salud y posibles enfermedades. Tuvo sus beneficios porque te había contado que en el pasado muchas personas se hacían operaciones estéticas, tanto así que se comenzó a ver como algo normal en que te quisieras cambiar algo de ti. Algunos que no tenían los recursos económicos vivían con complejos de su físico. Luego de esta manipulación fueron disminuyendo dichas operaciones porque sabías que eras físicamente tal como tus padres te deseaban.

Joshua: Qué ironía que antes eras tal como Dios te quería y muchos eran inconformes. Hoy son conformes por respeto a sus padres o porque saben que nacieron tal como sus padres deseaban. No tiene lógica que respetan más a los padres que al mismo Dios. Cuéntame quién era María.

Eugenia: María nació dos años antes de la legislación de esta locura, en la línea del ecuador del cambio. Jóvenes de su edad preferían chicas perfectas. Solo Dios sabía qué enfermedades María llevaba y el peor miedo era el cáncer que había acabado con tantas vidas en aquellos años. Ningún chico quería enamorarse de una muchacha con posibilidades de tener una muerte trágica. En ese tiempo fue que se inventaron la pulsera a la que yo llamo la chota. Fue para evitar confusiones y la incomodidad de estar preguntándose unos a otros. La pulsera antes era distinta, más sencilla, no como ahora que te incluye teléfono, agenda, marcapaso, plan médico, identificación personal... Como si fuéramos autos antiguos, nos marca hasta si necesitamos el cambio de aceite y filtro. Antes era una banda con el color que te identificaba si eras soltero, casado, enfermo, ex convicto, con *record* criminal dañado y por supuesto, si eras diseñado por Dios, o sea imperfecto. ¡Qué ironía! (Eugenia se queda pensativa por unos segundos) Ya te había contado antes que la pulsera fue diseñada supuestamente como un tipo de grillete. Había demasiadas personas con grilletes debido a problemas con la ley, así que para evitar que algunos se los quitaran o los ocultaran se decidió que todos debían llevar uno y lo que cambiaba era el color dependiendo del crimen. La mamá de María decía que no fue realmente por eso que la crearon, sino por los perfectos.

Antonio y otros Ángeles

Todos los imperfectos debían usar la pulsera color púrpura ya que a nadie le interesaba saber si eran casados, viudos, con probatoria o ex convictos. No había nada peor que la pulsera púrpura. La verdad, no les bastaban las redes sociales para saber tu vida entera, era como si caminaras con tu *profile* en la frente, mejor dicho, en la mano. Pero María llevaba su pulsera púrpura sin vergüenza alguna. Al contrario de muchos de su edad, ella estaba orgullosa de haber sido creada según Dios la deseaba. Ella sabía que era perfectamente exacta a lo que Dios quería en ella. Otros en su situación trataban de usar camisas de manga larga para evitar lo más posible el que se viera la pulsera. La verdad es que no hacía falta que ella llevara la pulsera porque al verla sabías que no era igual a la mayoría.

Ella caminaba erguida como los perfectos, pero con una gracia y alegría inigualable. Ella tenía el cabello ondulado color castaño claro con *highlights* naturales por exponerse tanto al sol. La mayoría de los perfectos tenían el cabello lacio y algunos pocos rizos, pero nadie llevaba cabello ondulado porque era símbolo de mezcla o imperfección. Los perfectos eran tan educados que parecían máquinas mientras que ella usaba mucho las expresiones y sus manos al hablar. Por otro lado, Roberto era todo lo contrario a María. Él llevaba muy digno su pulsera blanca que lo identificaba como soltero perfecto y la que les atraía a muchas chicas. Él era muy apuesto, educado, inteligente, cibernético y adinerado. El codiciado joven era supervisor en el Departamento de Demografía Humana del FBI. Llevaba una vida alegre y divertida, pero en el fondo era un hombre solitario.

Su único "familiar" era su amigo y compañero de trabajo, Martín.

Roberto: ¡Estoy decidido!

Martín: No creo que sea buena idea.

Roberto: Tengo que hacerlo. Ya estoy entrando en edad y no me he casado. No sabes lo mal que me sentí cuando vi a Teresa en el restaurante con su segundo hijo. Lo peor fue cuando me dijo frente a mi cita (a la que ni le recuerdo el nombre) que se me estaba haciendo tarde.

Martín: ¿Le haces caso a esa robótica interesada?

Roberto: Ella era una de mis mejores candidatas.

Martín: Eso si es deprimente. Tus candidatas no sirven. Mejor quédate solo.

Roberto: La ciencia no miente, sus genes son perfectos. Sé que la personalidad a veces asusta, pero la conducta la podemos trabajar. De veras que con ella sí que sentí tentación de besarla.

Martín: (Con tono sarcástico mientras reía) *Wow!* ¡El perfecto pensando en hacer algo prohibido!

Roberto: No te rías, sabes que así debe de ser. Uno no tiene contacto con ninguna mujer hasta saber que es la indicada. Pero ya estoy deseoso de probar lo que es un beso.

Antonio y otros Ángeles

Martín: No volvamos a ese tema deprimente. ¡Olvídate de eso y vamos al grano! Sabes que será difícil entrar a la oficina de Compatibilidad Matrimonial sin el debido permiso.

Roberto: Tenemos el acceso, trabajamos en el mismo edificio. Lo del permiso lo podemos obviar. Sé que podemos lograrlo. No me gusta romper reglas, pero no puedo seguir esperando. Necesito entrar, averiguar quién es compatible conmigo y buscarla antes que otro la consiga primero. Aparentemente nunca la conoceré de otra manera.

Martín: ¿No te gusta romper reglas? Lo que menos te gusta es romper patrones aburridos. ¿Y por qué me quieres envolver en esto? Sabes que no puedo perder mi trabajo.

Roberto: ¡No lo perderás! Todo saldrá bien. Tú ya tienes tu esposa, aunque todavía no me explico por qué la escogiste a ella. ¡No son compatibles!

Martín: No empieces con mi gordita. El amor no conlleva tanto análisis científico. Por eso sigues solo. Te fijas en lo físico, lo material, y lo que puedes calcular con tu pulsera. No debe ser así. El ser humano tiene un alma y es mucho más compleja porque no se mide en computadoras. De ahí nace la forma de ser. Eso completo es lo que te enamora, no solamente el cuerpo.

Roberto: (Para molestar a Martín le dice sarcásticamente) Yo creo que lo que sientes por ella no es amor, sino que la vez como una reliquia.

Casi nadie sabe que aún existen personas obesas. ¡No puede ser amor!

Martín: ¡Cállate! Cuando hablamos sobre este tema sabes que terminamos molestos.

Roberto: (Tratando de disimular la risa para seguir molestando a Martín) Solamente tú sales molesto.

Martín: ¡Vamos a dejarlo ahí! Al cabo que no me importa lo que pienses y mi gordita me la gozo yo.

Roberto: Ahhh... Ok

Martín: ¿Sabes qué? Haz lo que te dé la gana. Investiga hasta en la ciudad de Marte. No me interesa. Te ayudaré a entrar en el centro informativo y ya. Lo que sí te diré es que tomas esto como un nuevo proyecto y no debe ser así.

Roberto: Me encantaría que saliera compatible con alguien de Marte, pero seré muy poca cosa para esos súper millonarios.

Eugenia: Ese Roberto era insoportable, insensible, egoísta, materialista. En fin, un humano "perfecto" de aquellos tiempos. Ellos no rompían la ley, no rompían nada. O sea, que no rompían esquemas ni costumbres sin importar el ofender a los demás. Un poco parecidos a nuestros tiempos donde les importan más las leyes y el orden, perdiendo la sensibilidad, el tacto y el socializar. Ya parecían más robots que humanos. Me recuerda el tiempo de Jesús cuando vino al mundo y les hizo ver a los fariseos que se estaban enfocando demasiado en leyes insignificantes cuando lo más importante es el amor.

Ok, me desvié un poco a otro siglo, prosigo con la historia. Roberto planeaba buscar en la máquina de compatibilidad a las mujeres recomendadas como posibles parejas. Sabes que cuando crees conocer a la persona ideal van juntos al Centro Demográfico donde les hacen unas evaluaciones y les dan el resultado en porcentaje de compatibilidad y posibilidades. Si salen positivos pues proceden a tener el permiso gubernamental. Pues él deseaba hacerlo todo al revés, la forma fácil. Buscar primero la lista de las compatibles y luego conocerlas. Creo que a nadie nunca se la había ocurrido hacerlo de esa forma, solo a un soltero desesperado.

Roberto no estaba muy complacido luego de que lograron obtener el listado. Para su sorpresa, la mayoría de las chicas en el listado eran imperfectas. A él no le interesaba saber todo lo positivo que tuvieran. Por el solo hecho de no ser perfectas ya las descartaba, así que las acomodó al final del expediente.

Luego se fue a su oficina y comenzó por investigar a las perfectas con apellidos pudientes. Las fue evaluando minuciosamente una a una, pero como era tan exigente a muchas las eliminaba rápidamente. A algunas por su físico, otras por su condición física, educación en áreas indeseables, o por poca educación. Quedaron muy pocas las escogidas, con las que se tomaría el tiempo de conocerlas. Toda la tarde se le fue en investigar a las pocas escogidas, en imprimir estudios financieros, médicos, sociales, y otros.

En aquel tiempo existían los *Café's* que eran establecimientos de comida casual donde personas se reunían para un compartir corto o de negocios. Sabes que hoy solo existe un lugar parecido que se llama El Salón. Pues antes había varios de estos, pero eran pequeños, económicos, y abrían desde la hora del desayuno. Los usaban mayormente las personas de negocios. Casi parecidos a los *Fast Drinks* donde vas a almorzar la batida o la pastilla.

Ya para aquel tiempo se obviaban algunas comidas por pastillas. Sin embargo, se conservaban algunos *Café's* para socializar un poco. En estos lugares muchos solamente bebían algo junto a un bocadillo o aperitivo. Hoy día, no existen porque ya nadie se relaciona en persona. Te sonará raro, pero antes las personas tenían mucho trato personal y lo tomaban muy en serio, inclusive era como un acto de respeto. Esto se fue desvaneciendo debido a la tecnología. La sociedad se fue acostumbrando a enviar saludos por teléfonos o por internet y se enviaban documentos por fax o por *email*. Todo esto antes se hacía en persona e incluso se pagaban las cuentas directamente en sus respectivas compañías, al banco, o al respectivo acreedor.

Inclusive ya te he contado que antes se iba a estudiar a complejos que llamaban escuelas y universidades. Dependiendo de tu edad y tu especialización, esto determinaba donde tenías que ir a estudiar. Antes muy pocos estudiaban por internet. Imagínate un edificio lleno de jovencitos estudiando, jugando, hablando y corriendo. ¡No te alarmes! No es tan malo como suena. Mi abuela me dice que, al contrario, era divertido.

Lo que tú conoces hoy como normal, antes lo veían como personas con problemas y solitarias. Como todo lo tenías que hacer en persona, la gente se veía en la calle caminando, hablándose y hasta extraños saludándose. Viajaban en los autos que vemos en la página de internet del museo, pero algunos caminaban si eran distancias cortas. ¿Imaginas cómo sería mirar por esta ventana y ver personas caminando afuera o sentado en bancos? ¡No es locura, créeme! Caminaban inclusive bajo la lluvia.

Bueno, volviendo al tema, en esos tiempos ya habían comenzado los cambios, pero existían unos pocos *café's*. A Roberto le gustaba frecuentar uno cerca de su trabajo al cual asistían personas adineradas. Esa tarde estaba en su mesa de esquina desde la cual podía apreciar todo el establecimiento, todo el que entraba y salía. Estaba revisando las fotos de los archivos que había preparado para las candidatas de su investigación amorosa.

Luego de evaluar algunos de ellos, se disponía a recogerlos todos, cuando de repente una joven tropieza con su mesa y le tumba algunos de sus papeles. Él se molestó bastante y pensaba reclamar, pero automáticamente se aguantó cuando se fijó en la hermosura de María. Ella casi ni le miró a la cara ya que estaba en el piso recogiéndole todos los papeles a la misma vez que le pedía disculpas. Él casi ni reaccionó, solo continuaba contemplando su belleza y la extraña amabilidad de aquella muchacha. María tenía puesto un conjunto ejecutivo color gris. Pantalón largo y chaqueta de cuello alzado y mangas largas con corte a los lados abierto y agarre ajustable con tiras clásicas. Camisa blanca y tacones blancos. Tenía todo el pelo recogido en una dona. Ya para esos tiempos las mujeres se maquillaban con muchos colores en los párpados y diseños o líneas obscuras, pero María tenía maquillaje sencillo, pero con ojos bien marcados en gris y negro.

Aunque ella le interesó, no se le ocurrió conocerla más a fondo porque ya en aquellos tiempos se había comenzado la costumbre de que las personas se conocen primero por internet y luego en persona. No era a los extremos como hoy día. Mucho antes del "megollo" era a la inversa. Si alguna pareja decía que se habían conocido por internet era augurio de fracaso y era cosa rara.

¡Prosigo con la historia! Esa noche cenó con la próxima joven de su lista, pero le fue muy mal. Al igual que muchas, ella era arrogante y solamente hablaba de sus logros y de sus estudios. Eran temas del agrado de Roberto, pero no eran discutidos con pasión sino con aires de superioridad, quitándole la importancia a lo que lo merece. Ya para esa época era común que las personas tuvieran varios grados universitarios por el acceso cibernético, pero Roberto continuaba viendo los estudios como un privilegio y le apasionaba dicho tema. Al llegar a su casa esa noche, él arregló un poco los papeles que esa tarde María le había desorganizado. Sacó para descartar a la perdedora de la noche mientras continuaba recordando la mirada tierna de María. Para su sorpresa, cuando comenzó a evaluar la próxima al turno, todo parecía indicar que merecía una cena. Mientras más leía sobre ella, más le atraía. Un poco confuso no recordaba haber leído un *profile* tan atractivo, pero cayó en cuenta que no debía ser de las primeras por el balance de su cuenta bancaria.

La candidata era atlética, lectora, escritora que había publicado algunos de sus estudios, y viajaba seguido a Perú y otros países de América del Sur. Así que supuso que era una gran empresaria invirtiendo en el extranjero, lo que explicaría el bajo balance bancario porque quizás tendría cuentas en otros países. Cuando vio la foto quedó estupefacto. Pocas cosas lo habían sorprendido en su vida. Él no creía ni en los paneles solares así que se tardó un poco en procesar la coincidencia de que era María, la misma muchacha que vio en el café. Completó la investigación con un aire de alegría, pero a la misma vez tenebroso. Llamó a su amigo Martín para contarle todo.

Martín: Es difícil de creer lo que me cuentas.

Roberto: ¡Verdad! Sabes que no creo en la coincidencia así que puede ser una mala señal porque el porcentaje de posibilidad es demasiado de bajo.

Martín: ¡Calculitos! No hablo de la coincidencia. Digo que es difícil de creer que una perfecta sea tan amable como dices. Hoy día, ni un imperfecto se hubiese tomado la molestia de recoger tus cosas.

Además, ustedes piensan demasiado en los gérmenes que puedan tener los demás. ¡Y mucho menos recogerlos del piso!

Roberto: ¡Sí, también! Tenías que verla recogiendo los papeles, disculpándose y con buena actitud. ¡Amabilidad total y pura!

Martín: Suena demasiado perfecta para ser cierto.

Roberto: Ahora estoy más asustado. Es una mala señal.

Martín: Eres tan negativo. No crees en coincidencias, pues no debes creer en las señales. ¡No crees en nada! Pues yo digo que la conozcas y te calles ya. No seas tan analítico.

Roberto continuaba incrédulo así que decidió investigarla un poco más. Trazó un plan de vigilancia ya que por el estado bancario supo que ella frecuentaba un café a dos bloques de donde ella vive. Allí le tomaría material genético para su investigación.

Luego de seguirla de lejos en varias ocasiones, una mañana se sentó cerca de la puerta para estar más accesible a ella. Al ella entrar en el establecimiento, él sintió una alegría como nunca antes, y era que no se había dado cuenta que se estaba enamorando de María. Ella vestía un set ejecutivo y un peinado extravagante de esos tiempos, una especie de dona, pero con torcidos como pétalos de flores. Ella lucía radiante. Asombrado la observó como ella saludaba a casi todos los del café y como platicaba con la cajera. Luego se sentó en la mesa de la esquina, la que él hubiese escogido. Allí ella disfrutó su bebida y tostadas mientras leía en una *tablet*. Subía la mirada de vez en cuando, en especial cuando alguien entraba o salía. Ella le sonreía a todos los que pasaban. Aparentemente sonreía mucho porque, aunque no lo hiciera, sus labios se quedaban marcando una leve sonrisa. En dos ocasiones cruzó miradas con Roberto y le sonrió. Él no sabía cómo reaccionar frente a aquel gesto poco común. Él pensó que ella le sonrió por haberle recordado así que aprovechó el gesto y se le acercó. Educadamente le pidió permiso para sentarse con ella, lo cual ella accedió sorprendida, pero sin perder su inigualable simpatía.

Roberto: ¿Me recuerdas?

María: ¿Nos conocemos? ¡No creo! (Automáticamente se paró e inclinó su rostro en forma de un saludo formal, lo que para esos tiempos sustituyó el estrechar la mano por razones higiénicas) Pero mucho gusto, mi nombre es María.

Roberto: (Un poco sorprendido devolvió el saludo inclinando su rostro un poco, pero sin despegar sus ojos de María) Me llamo Roberto. Pensé que me recordaba porque se sonrió conmigo. Hace pocos días, usted me tumbó unos papeles en el café del centro.

María: (Se sonrojó un poco) No lo reconocí, pero sí, ya lo recuerdo. Siéntese por favor. Perdone nuevamente.

¿Logró acomodar los papeles?

Roberto: ¡Sí! Gracias a su amable ayuda.

Mientras Roberto se acomodaba ella recordaba la escena: Joven hermoso, con cabello castaño obscuro casi negro. Lucía muy ocupado, como un ejecutivo trabajando con tantos documentos. Era atractivo, llevaba un gabán gris, chaqueta blanca y pantalón gris oscuro. Ella se derritió cuando él la miró con esos ojos verdes y destellos amarillos rodeados de muchas pestañas. Era tan varonil y musculoso que ella no supo cómo actuar frente él, así que mientras recogía los papeles decidió ni mirarlo.

Roberto: ¿La invito a otro café?

María: No es café, es leche hervida con azúcar y crema batida. ¿Deseas una taza de mi receta secreta?

Roberto: ¡Hoy no! (Sonriendo coqueto) Quizás en nuestro próximo casual encuentro.

María: (Un poco sorprendida) ¡Trato hecho! Pero deberá ser en este café, aquí fue que les revelé mi receta secreta y me la preparan a gusto. (Sonriendo) ¿Se puede saber qué hace un joven del centro por esta área?

Roberto: De camino a visitar un amigo y decidí tomarme un café.

En eso se les acercó la cajera a María con una dona. Le dijo que era por la casa y le deseó suerte en la reunión con el comisionado. Además, le recomendó que se diera prisa. Roberto se disculpó por retrasarla, se despidió informalmente y le deseó suerte en la reunión. Acercándose para pasarle por detrás, simuló que el cabello de ella se le había enredado en un botón de su manga. Se disculpó y rápidamente le arrancó un cabello el cual sujetó con disimulo hasta salir del local. Fue directo a su oficina, allí emitió un reporte físico y de ADN.

Roberto: ¡Estoy nervioso!

Martín: Estás exagerando.

Roberto: Es que si la vieras. Ella estaba vestida con un conjunto ejecutivo de traje y mangas largas color gris. Sé que tiene el cabello largo porque el peinado era amplio. Le compartía a la cajera sobre unos logros en fondos para su nuevo proyecto. Al parecer, la cajera es como una amiga porque ella frecuenta ese café. Además, iba para una reunión importante. Es como que demasiado de perfecta y ahora estos resultados confirman que está en excelente condición física, saludable, buen contaje de glóbulos blancos, colesterol, triglicéridos, no fuma, no bebe, no tiene ni rastros de cafeína. Tampoco tiene rastros de silicón, o sea que todo es natural y es virgen. Para colmo su personalidad... ¿Sabes lo que me dijo cuándo le halé el pelo? Se sonrió y me dijo en broma "¡La venganza hace daño! Si la próxima vez que nos veamos ocurre un accidente será pura casualidad porque no soy vengativa".

¿Qué mujer no se molesta que le dañen el peinado?

Martín: Me parece bien todo. Lo que da miedo es tu obsesión por investigarla tanto. Acaba e invítala a salir o algo normal para que la conozcas bien y no por resultados estúpidos.

Roberto: Sabes que lo normal no va conmigo, solamente lo ideal. Conseguiré la forma de conocerla mejor en la red social.

Así lo hizo, la investigó un poco más en las redes sociales, pero luego le envió una solicitud por una red social de aquel tiempo llamada *See-U*. María pasaba días mirando la solicitud sin aceptarla. Le atraía la idea, pero nunca antes había aceptado solicitudes de algún chico extraño y era obvio que no era simple casualidad. Roberto le cayó muy bien así que le gustaría una amistad con él. Por más inocente que fuera, sentía que él buscaba algo más que una amistad. Se sentía nerviosa de lo que podría pasar porque nunca había tenido un enamorado y era extraño que un perfecto quisiera conocerla.

Roberto la saludaba casi a diario sin respuesta alguna hasta que María decidió darle la oportunidad por tanta insistencia. Estuvieron varias semanas escribiéndose y conociéndose. Por esa vía podías comunicarte inclusive por llamadas en organigrama, pero a María no le gustaba mucho esa nueva tecnología. Ella solo leía los textos en organigrama.

See-U:
Friday June 3, 2043 at 9:22pm

Antonio y otros Ángeles

From: María Negrón
To: Roberto Millán
¡Hola! ☺

From: Roberto Millán
To: María Negrón
Al fin t dignas en escribirme ;)
¡Hola!

From: María Negrón
To: Roberto Millán
Que directo eres!! Uuuiiii

From: Roberto Millán
To: María Negrón
Ya m conoces bn, así soy

From: María Negrón
To: Roberto Millán
No te conozco tan bien como crees y tú tampoco me conoces bien a mí.

From: Roberto Millán
To: María Negrón
T conozco bastante, aunque reconozco q m gustaría conocerte mejor.

From: María Negrón
To: Roberto Millán
Me dio gusto saludarte. Me voy a acostar. Buenas Noches! Cuídate!

From: Roberto Millán
To: María Negrón
Xq me esquivas?

From: María Negrón
To: Roberto Millán
No te esquivo. Te he dicho que no me gusta mucho este tipo de comunicación.

María sabía que era un muchacho perfecto y a ella no le interesaba ese tipo de hombres. Sabía que eran educados y con buenos modales, pero eran egoístas e interesados. Aun así, ella no lograba descifrar el por qué Roberto le atraía. Claro que sabía que su físico lo ayudaba bastante, pero, aunque habían tenido varias conversaciones interesantes y agradables, sabía que en el fondo era un hombre arrogante.

See-U:
Saturday June 4, 2043 at 7:43pm

From: Roberto Millán
To: María Negrón
Saludos! ¿Estás disponible?

From: María Negrón
To: Roberto Millán
¡Si! ☺ ¡Saludos! Ya casi me escribes a diario.

From: Roberto Millán
To: María Negrón
Te m estas convirtiendo en costumbre.

From: María Negrón
To: Roberto Millán
Costumbre no suena mal. Cuando llegue a rutina me avisas que ahí es que se daña la cosa.

Antonio y otros Ángeles

From: Roberto Millán
To: María Negrón
Reconoces que hay una cosa entre nosotros.... Ahhhh???

From: María Negrón
To: Roberto Millán
¡Si! La Tablet y varias millas... jajaja

From: Roberto Millán
To: María Negrón
Si no te gusta este método de comunicación pues ¿Xq no aceptas salir conmigo?

From: María Negrón
To: Roberto Millán
Quizás temo desear vengarme del halón de pelo.

From: Roberto Millán
To: María Negrón
Dijiste no ser vengativa :-/

From: María Negrón
To: Roberto Millán
No lo soy, pero me puedo dejar llevar por la tentación.

From: Roberto Millán
To: María Negrón
La TENTACION???: Eso no suena mal!! T doy permiso para que me maltrates.

From: María Negrón
To: Roberto Millán
Ya con uno de tus chistecitos. Veo que eres calientito.

From: Roberto Millán
To: María Negrón
Ps podemos ir a un lugar con a/c de high definition.

From: María Negrón
To: Roberto Millán
Jajaja ¿Te sacrificarías a sufrir frío por compartir conmigo?

From: Roberto Millán
To: María Negrón
X verte?? Congelo hasta mis pensamientos si me lo pides.

From: María Negrón
To: Roberto Millán
Suenas desesperado y eso no eres tú. Me estás dando pena ☹

From: Roberto Millán
To: María Negrón
Pues saldremos por lástima. No hay problema. Además, acepto q si pasa alguna tragedia es coincidencia. ¿Aceptas?

From: María Negrón
To: Roberto Millán
¡Acepto!

From: Roberto Millán
To: María Negrón
¿Puedes mañana? Te recojo a las 7pm en el café y de ahí salimos.

Antonio y otros Ángeles

From: María Negrón
To: Roberto Millán
Mañana a las 7pm en el café *

From: Roberto Millán
To: María Negrón
Lo sabía. ¿Viste q t conozco?

From: María Negrón
To: Roberto Millán
Como digas. Solamente te advierto q puede q mañana te arrepientas. ¡Buenas Noches!

From: Roberto Millán
To: María Negrón
Hasta mañana. Lindos Sueños. Te doy permiso a soñar conmigo y hasta de vengarte EN SUEÑOS.

From: María Negrón
To: Roberto Millán
Estás locoooo... LOL

Esa noche María no podía dormir bien. Sabía que él no le convenía, pero ya había reconocido que se estaba enamorando de él. De todos modos, tenía claro que no llegarían a algo serio. Sabía que al otro día él se desilusionaría de ella al ver que es imperfecta, pero sería bueno verlo una vez más.

Más tarde pensó que se había equivocado y no debía ir. Pensó en escribirle y cancelar, pero luego decidió disfrutar una noche de ensueño como nunca la había tenido. Sería la primera vez que saliera en una cita y para colmo con un perfecto. Son pocos los perfectos que se fijan en imperfectos. María no entendía el por qué él nunca le puso el tema sobre sus diferentes condiciones.

Ella sabía que él no pudo ver su pulsera porque las dos veces que se vieron ella llevaba manga larga porque estaba entre horas laborables y las mangas largas eran exigidas en su trabajo. Se preguntaba una y otra vez el por qué no le intrigó algo tan importante y el por qué un perfecto insistía en conocerla a ella pudiendo conseguir a cualquier mujer.

Mientras ella se desvelaba con tantas interrogantes, Roberto celebraba en su casa. No podía dormir, pero de alegría. Al fin tendría la oportunidad de conocerla mejor. A conocer de sus negocios y sus publicaciones las cuales no había encontrado a pesar de tener acceso a tanta información por trabajar para el FBI.
Él imaginaba que ella era una empresaria muy importante con inversiones demasiado de exclusivas.

Llegó la noche siguiente y María decidió vestirse con su mejor traje, uno blanco. Decidió arreglarse como nunca, como su noche de cenicienta, pero sabiendo que esta historia sí tendrá solo una noche mágica. Llevaba su pelo recogido en un moño moderno. Su traje era de manguillos dejando al descubierto su pulsera, tal y como ella acostumbraba vestir fuera de sus horas laborables. Estaba un poco temerosa a la reacción de Roberto al ver su pulsera, pero decidió disfrutar siendo real, siendo ella en todo momento para bien o para mal.

María ya estaba en el café cuando Roberto llegó a las 6:40 pm. Ella estaba parada frente al mostrador, platicando con su amiga la cajera así que no se percató de su llegada. El aprovechó y se disfrutó el admirar su belleza y verla con la gracia que hablaba y reía. Muchos la saludaban y era increíble lo sociable y amable que era con todos. Definitivamente que estaba enamorado de esa encantadora mujer. Cuando la amiga de María lo vio, le avisó nerviosa de que había llegado y la observaba. Cuando María caminó hacia la mesa, él se percató de la pulsera y de una sortija de matrimonio que ella llevaba. Pensó que era algún tipo de broma ya que él sabía todo sobre ella así que decidió que, aunque le incomodaba, lo ignoraría y no caería en la trampa de molestarse por algo que desconocía.

Mientras disfrutaban de la noche y hablaban de todo, Roberto imaginó que ella debía ser una mujer con mucho poder como para tener acceso a cambiarse la pulsera solo para una broma. Tuvieron una hermosa velada en un lujoso restaurante y ninguno se incomodó el ver como los perfectos se sorprendían al verlos juntos. Al finalizar la cita, él se ofreció a llevarla al café para buscar su auto y escoltarla hasta su casa, pero ella le dijo que caminaría hasta el café desde su casa. Ella le dijo que le gustaba caminar mucho, mirar los apartamentos, casas, edificios y por supuesto la naturaleza. A él le extrañó y le dijo que él se ejercitaba en su casa con máquinas. Al contrario de él, ella corría por el parque para ejercitarse, pero caminaba porque lo disfrutaba. Mientras caminaban, él notó que ella se sonreía con los extraños. Le recordaba los diplomáticos o personas de poder que solían ser hipócritamente amables, pero ella lucía extrañamente genuina. Lo vio como otra falsa evidencia de que ella era alguien importante. Él le comentó que era impresionante la forma en que ella les sonreía a todos, que parecía una empresaria importante, o una importante figura de la política. Pensó que de esta forma ella le diría algo sobre sus misteriosos viajes o si es que era propietaria de alguna empresa.

Cualquier perfecto arrogante aprovecharía en alabarse a sí mismo con sus logros. Ella solo le aclaró que ella saludaba a todos porque esa era su forma de ser.

María: Tú también puedes hacerlo.

Roberto: No creo, ni siquiera miro a los desconocidos, mucho menos podré mirarlos a los ojos como tú haces.

María: ¡No es tan difícil, yo te ayudo! Vamos a practicar (Le dijo sonriendo).

Roberto: No creo.

A Roberto se le dificultaba tener contacto tan amable con las personas. Para los perfectos eso no estaba bien.

María: (Entre risas) ¡Tú puedes! ¡Yo estoy contigo, no temas!

Roberto: (Riendo) *Wow*, me siento más seguro!

María: Por ahora no los mires a los ojos. Míralos a la nariz y solo sonríe. Aléjate un poco y sonríeme.

Antonio y sus Ángeles

Roberto: (Sonriendo) ¿Qué me pides?

María: ¡Charlatán! Vamos, quédate ahí parado, ahora te pasaré por el lado y me sonríes.

Roberto: (Incómodo luego de hacer el intento) ¡Ya!

María: (Riendo se sienta en un banco) Creo que no te quedó muy bien.

Roberto: ¿Qué pasó?

María: (Riendo ya con lágrimas en los ojos) Eso fue muy hipócrita, pareciste un robot defectuoso. Tienes que practicar tu sonrisa.

Roberto: (Riendo) ¡Ahhh... te burlas! Para eso lo pediste, para burlarte.

María: (Un poco más calmada) ¡Ok! ¡Te ayudo! ¡Mírame! (Tomándole tiernamente la cabeza con ambas manos) ¡Sonríe! (Roberto la obedece) No tan abierto sonríe solamente un poco como mostrando solo la mitad de los dientes. ¡Inténtalo! Ahora los labios un poco más estirados a lo horizontal. ¡Mejor! Siente cómo están acomodados tus músculos faciales y graba en tu memoria tu sonrisa. Ahora ponte serio y enséñame esa misma sonrisa ¡Ahora! ¡Muy bien!

Roberto: ¿Me quedó bien?

María: No perfecta, pero veo que eres muy buen estudiante. Aprendes rápido así que ahora solo falta practicar.

Roberto: Si, soy muy bueno aprendiendo más aún con una maestra tan buena. Me puedes enseñar todo lo que desees.

María: ¡Eres increíble! ¡Vamos a practicar! Sigamos caminando y vamos a sonreírle a todos.

Roberto: ¿A todos?

María: Sí, a todos.

Caminaron unos pocos bloques y disfrutaron mucho con las reacciones de algunas personas. Hubo un señor que hasta demostró que le molestó. María le dijo que esas reacciones son las que la motivan a seguir siendo de la forma que es porque las personas se estaban deshumanizando y ella sentía la necesidad de educarlos.

Al día siguiente María no podía creer lo bien que la habían pasado. Más aún, no podía creer que Roberto no se asombrara, ni reaccionara al ver que ella es imperfecta. Definitivamente que ella le interesaba porque ni siquiera puso el tema.

See-U:
Monday June 6, 2043 at 8:03am

From: Roberto Millán
To: María Negrón
¡Buenos Días Sonrisas!

Antonio y otros Ángeles

From: María Negrón
To: Roberto Millán
☺ ¡Buenos Días mi estudiante! Aquí te envío una sonrisita más ☺

From: Roberto Millán
To: María Negrón
Siempre andas de buen humor?

From: María Negrón
To: Roberto Millán
Casi siempre.

From: Roberto Millán
To: María Negrón
¡Ahí está! Imagino que ahí va otra sonrisa. Es como si te estuviese viendo.

From: María Negrón
To: Roberto Millán
Jajaja,, ¡No creo! Porque estoy en la comodidad de mi hogar. Cambiemos el tema. A ti no se te puede dar cuerda

From: Roberto Millán
To: María Negrón
:0 (mood: pensativo# imaginación a mil)

From: María Negrón
To: Roberto Millán
Gracias por nuestra cita ayer.
(mood: en alerta# soy buena cambiando temas porque conduzco estándar)

From: Roberto Millán
To: María Negrón
Grx a ti por aceptar. Creo q t portaste muy bn y t mereces otra salida. Qué crees?
(mood: atrevido# prefiero hablar claro pero me está gustando la idea de que tú guíes)

From: María Negrón
To: Roberto Millán
Creo que te portaste muy bien conmigo y que se puede repetir la salida.
(mood: arriesgada# espero que lleves el cinturón puesto)

Pasaron varios días de pláticas casuales hasta que llegó el fin de semana y el día de volver a salir. Esta vez María fue un poco más real, con poco maquillaje, pelo suelto, traje de colores pasteles, sencilla pero bien arreglada. Ella escogió el lugar para el encuentro. Para sorpresa de Roberto cuando la recogió en su casa, ella salió hermosa, usando nuevamente la sortija y la pulsera de imperfecta. Pensó que ya no le agradaba la broma, pero disimuló. Definitivamente que se lo haría saber, pero más adelante en la noche. A él tampoco le gustó el colorido del traje. Se veía bella, pero para esos tiempos ya habían comenzado a vestir solo de negro o blanco, en especial los perfectos. Algunos atrevidos como Roberto usaban gris, pero el vestirse de otros colores eran vistos como altaneros. Al entrar al restaurante, Roberto se incomodó al notar que la mayoría de las personas eran imperfectos, inclusive el dueño y los empleados eran imperfectos. María estaba muy alegre y complacida. Ella se sentía completa porque

Antonio y otros Ángeles

era un lugar que frecuentaba y el dueño era un amigo de la iglesia. Ella le presentó a Roberto, compartieron dos o tres ideas sobre el sermón y luego se retiró de la mesa. Roberto estaba como perdido.

Roberto: ¡Sermón! ¿Asistes a alguna congregación?

María: Sí, por supuesto. ¿Y tú?

Roberto: No.

María complacida por comenzar a hablar de algo tan importante para ella. Sentía que al fin comenzarían a conocerse ya que lo de días pasados era la parte color rosa del amor. Al fin tendrían una conversación real.

María: ¿Por qué razón no asistes a la iglesia, si se puede saber? ¿Por tiempo o trabajo? (Ella solamente preguntó para abundar en el tema ya que sabía que lo antes mencionado son excusas, porque nada debe impedir que vayas a la casa de Dios).

Roberto: Nada en específico, solamente que no he pensado en ello.

A María la desanimó esa contestación. La dejó con un sinsabor, pero no quiso dañar la velada tan rápido así que no quiso abundar más en el tema por el momento. Roberto estaba incómodo también porque no se la imaginaba en esa vida sino en la de una ejecutiva ocupada.

Roberto: ¿Por qué usas una sortija de compromiso?

María: Es algo privado, pero ya que nos estamos conociendo te contaré, aunque puede que no lo entiendas.

Roberto: Me ofende el que creas que no te entienda.

María: ¡Perdona! Es que la uso como recordatorio de que le sirvo al Señor. Es un pacto que hice con Dios y con mis padres hace muchos años.

Roberto: ¡Ok!

María: No quise ofenderte, pero es que nunca le había contado a nadie. Es algo bien personal. Esta es la sortija de compromiso de mi mamá y es muy especial para mí.

Roberto: ¡Lo siento! Es que pensé que era una broma para vengarte por lo del pelo y al verte con ella otra vez pues entendí que ya no podía ser broma.

María: (Con sonrisa tímida) No lo es. ¿Olvidas que no soy vengativa?

Roberto: (Desilusionado pensando en la pulsera) ¿Cuán envuelta estas con la iglesia?

María: Con la iglesia no, con Dios. ¡Bastante! ¡Por completo! Dios es el centro de mi vida.

Roberto: (Con sarcasmo) ¡Tanto así!

María: (Un poco ofendida) Sí y más. (Se molestó al ver la reacción facial de Roberto) Es algo que un ateo no puede imaginarse.

Roberto: No soy ateo.

María: ¿Crees en Dios? Porque suenas como ateo.

Roberto: No creo en Dios, pero tampoco niego la existencia de algo. No me he sentado a pensar en eso.

María: (Imitando su sarcasmo) ¿En serio?

A él le vibró su lujosa pulsera marcándole un cambio en su presión sanguínea. María le dice que su pulsera chota le está avisando que cambien el tema. Él se ofendió pues muchas mujeres se impresionaban con sus lujos, su auto, e incluso con esa nueva tecnología a la que pocos tienen acceso. Sin embargo, María no lucía impresionada.

Él le dice que no le molesta el tema y que pueden continuarlo si desea. Los retos son una dulce tentación para María así que ella se manifiesta hablándole de Dios y de los milagros. Le habló un poco de algunos mártires y de santos como Santa Liduvina de Schiedam (1380 – 1433) y de Santa Gemma Galgani (1878 – 1903) las cuales veían y hablaban con sus ángeles guardianes.

Le contó de sus milagros favoritos y sobre el Padre Pío (1887 – 1968) a quien admiraba por su personalidad y quien también hablaba con su ángel, quien a veces lo ayudaba en traducirle cartas de otros idiomas. Todo con datos, fechas, hechos, en fin, de una forma como un manjar para un analítico. Era una experta entrevistando y manipulando para obtener información de perfectos como Roberto.

A él no le interesaba mucho lo que escuchaba, pero sí le atraía la inteligencia, la pasión y la forma en que María se expresaba. Ella no le dice que es misionera, sino que le explica sobre un mundo desconocido para él. Ella le cuenta que publica historias sobre personas indigentes, sobre países completos de imperfectos, entre otros temas. Le contaba que el gobierno ocultaba ese tipo de noticias. Mostrando solamente noticias de paz porque deseaban que vivieran en armonía y superficialmente. Por tal razón, concluyó María, es que el gobierno trata a los misioneros como terroristas a los que prohíben divulgar información de los países que visitan, de los milagros y cosas parecidas con la excusa del respeto a los no cristianos.

Roberto: (Para cambiar el tema) Por lo visto frecuentas este lugar.

María: Sí. La comida es deliciosa. Espero que no te incomode que seamos tantos imperfectos.

Roberto: Si me incomoda.

María: (Sonriendo a medias) Bueno yo estoy aquí en apoyo. Además, yo fui a tu lugar de perfectos. (Tratando de animar el ambiente) La vamos a pasar muy bien.

Roberto: No parecía que te incomodara el restaurante al que te llevé.

Antonio y otros Ángeles

María: La mayoría de las personas en esta ciudad son perfectos. Uno aprende a comportarse y a ignorar miradas.

Roberto: ¿Estás hablando en serio? ¿Tú eres imperfecta?

María: (Confundida) ¿De qué hablas? No entiendo tu pregunta.

Roberto: ¿La pulsera es real, no es por venganza o broma? ¿Eres imperfecta?

María: (Desilusionada y dolida) Lo he sido desde que me conociste. ¿Es que eres el primer perfecto con retraso mental?

Roberto: ¡Discúlpame!

Roberto se paró y se quitó la pulsera la cual encendió una pequeña luz. Le pide un momento y se retira hacia afuera del restaurante. María se queda sorprendida ya que no entiende lo que pasaba. En eso Roberto regresa a la mesa y le pide amablemente que se vayan. María accede desilusionada. Se despide de lejos de su amigo y se van. No hablaron nada en el camino. Él la dejó en su casa y se despidió educadamente. Le pidió disculpas sin abundar en el tema y se marchó. María supo que esa despedida era para siempre. Él fue directo a casa de su amigo Martín.

Roberto: ¡No sé qué pasó!

Martín: Te equivocaste y saliste con una imperfecta. No tiene nada de malo.

Roberto: (Con ojos llorosos) Si tiene mucho de malo. Me ilusioné con una farsa. Me creé esta imagen de una mujer perfecta y ejecutiva que no existe. Me enamoré de una mujer que no existe.

Martín: Ella sí existe. Lo único que cambió es la pulsera que lleva porque no fue creada genéticamente, pero sí es una mujer con las cualidades que buscabas. Se llevaban bien y hasta reían. A mí se me hace difícil hacerte reír y soy un payaso. Esa mujer si es perfecta y se merece un premio por lo que logró en ti.

Roberto: No lo tomes a broma.

Martín: No lo tomo a broma. Es tarde y sabes que mi gordita no te soporta así que hablamos mañana. Solo te pido que pienses en todo lo que han pasado y todo lo que han hablado. Visualiza todo viéndola como lo que ella es. No tiene nada de malo enamorarse de una mujer real. Ella es una mujer fascinante. Lo de la religión que me contaste creo que te conviene porque necesitas crees en algo. ¡A veces me asustas!

María estaba devastada. No entendía ni siquiera como fue que ella se fijó en un perfecto. Fue humillante porque ella sabía que no funcionaría, pero no imaginaba fuera a terminar de una forma tan irrespetuosa su amistad.

Pensó que ella debió haber hablado sobre el tema de la pulsera en el chat antes de que salieran la primera vez. No lograba comprender el por qué él se fijó en ella sin importarle que fuera imperfecta y luego actuó tan extrañado.

Después de meditar por varias horas llegó a la conclusión de que debió incomodarle lo abierta que ella le habló de Dios a una persona que no lo conoce. Se sintió terrible al percatarse de que no supo manejar la situación y hasta lo ofendió diciéndole ateo. Su afán por que él fuera como ella, para que fuera perfecto para ella, le hizo olvidar todo lo que sabe sobre clases bíblicas.

Ella llevaba años de misionera hablándole a diversidad de personas sobre Dios. A algunos los ha educado en la fe desde cero y sabe que conlleva tiempo.

Reconoció que Dios atrajo a Roberto a su vida para que le mostrara el camino a la salvación y no como una pareja. Pensó en escribirle para disculparse, pero estaba muy afectada. A la mañana siguiente la llamó un líder de la comunidad misionera para avisarle de una nueva misión y de que llegaría un nuevo contacto para un viaje de emergencia. Le dijo que solamente necesitan a dos personas para llevar medicamentos y provisiones a un pueblo necesitado. Le informaron que pronto le presentarían al encargado, un peruano que los guiaría en el proceso. Esta noticia le subió el ánimo recordándole su misión espiritual y lo tomó como una señal para disculparse con Roberto.

See-U:
Sunday June 12, 2043 at 8:18am

From: María Negrón
To: Roberto Millán
¡Buenos Días! Espero que te sientas bien.

Roberto estaba devastado porque sabía que se había enamorado. Nunca se sintió tan cómodo con ninguna mujer y llegó a pensar que al fin había encontrado el amor en su mujer perfecta. Luego de analizar toda la situación, entendió que María se merecía una disculpa y el que le explicara la equivocación. Al recibir el mensaje de María decidió ir a verla.

Martín: ¿Cuándo irás a verla?

Roberto: Hoy, cuando salgamos del turno.

Martín: ¿Estás seguro que no quieres nada con ella? Creo que ningún hombre se desenamora tan rápido. Te pido que le des tiempo y no le digas nada aun.

Roberto: Sé que no funcionará y ella se merece una explicación. Ella es una mujer súper brillante y muy buena. Si la vieras como me contaba de los misioneros, los mártires y ese mundo desconocido. Ella es impresionante, pero es muy distinta a mí y además es imperfecta. No se merece a un hombre como yo. Reconozco que soy exigente, sé lo que quiero y me gusta mi vida de lujos y vivir de apariencias. Ella es demasiado de sencilla y transparente, inclusive con los desconocidos. ¡No funcionará!

Martín: Creo que en tan poco tiempo esa mujer te cambió. Hablas de ella con amor y hasta le pedirás disculpas. Tú eras un hombre frío y egoísta, pero

Antonio y otros Ángeles

mírate ahora. Solamente me tienes a mí y a veces creo que es porque no te soportas y necesitas con quien hablar.

Pasó toda la tarde y María no recibió respuesta de Roberto. Entrada la noche la visitó a su casa un señor mayor con apariencia extranjera.

Noel: ¡Buenas noches María!

María: ¡Buenas noches! Imagino que usted vino a verme sobre la Misión a Perú.

Noel: ¡Sí! Me dijeron puedes viajar de inmediato.

María: Sí, así es.

Noel: ¿Quién será el caballero que te acompañará?

María: ¿Acompañante? Entendí que las dos personas éramos usted y yo.

Noel: No. Necesito dos personas. La segunda persona debe de ser un hombre porque es una misión muy peligrosa.

María: No tengo a nadie de inmediato. Necesitaré hacer unas llamadas. ¿Cuándo nos iremos?

Noel: Nos iremos mañana. Debe llamar ahora y que el que vaya a ir debe reunirse conmigo para explicarle todos los detalles y personas de contacto. El vuelo sale muy temprano mañana así que tenemos que confirmar todo hoy.

María: ¡Es insólito! Imposible conseguir a alguien de hoy para mañana.

Noel: ¡No me entendió bien! ¡Es de ahora para ahora! (Abriendo folleto mostrándole fotos) Tengo a personas en puntos claves esperando la mercancía y ellos están exponiendo sus vidas en peligro. Además, tengo a personas muriendo de hambre esperando los alimentos. Ya tengo el alimento y las provisiones. Solo faltan ustedes. Los arreglos se hicieron para que viajara un matrimonio que va de vacaciones y no para una aventurera sola que llame la atención y propicie que los maten a todos.

María: ¡Perdone! Entiendo. Haré las llamadas.

Ella rápidamente comenzó a llamar, desde los que conocía con mayor experiencia, ya que era una misión peligrosa y debía ser alguien que supiera actuar correctamente para no ponerlos en riesgo. Llamó a varios de los misioneros que conocía, pero ninguno podía y otros ya estaban en otras misiones. Continuó llamando a todos los que pudo, hasta los más novatos, pero no tuvo suerte.

María: Vamos a enfocarnos y mantenernos en oración para que el Señor nos ayude. Si yo pude dejar todo e ir con usted, sé que aparecerá un caballero que también pueda.

Mientras oraban sonó la puerta, era Roberto. María se alegró al verlo olvidando todo lo sucedido entre ellos, lo que en esos momentos parecía una pequeñez. Era uno de esos momentos en los que reconoces que la vida es frágil y que no sabes cuándo dejarás este mundo.

María: (Lo abraza con mucha alegría) ¡Hola Roberto!

Roberto: (Confundido y reconociendo que algo pasaba) ¡Hola! ¿Estás bien?

María: Te presento a Noel, un misionero de Perú que necesita ayuda.

Ambos se saludaron.

María: Disculpa Roberto, no es el momento adecuado para visitarme, estamos ocupados resolviendo algo muy importante, así que te escribo cuando termine.

Noel: ¿Qué tal usted? María se va mañana para una misión peligrosa pero no conseguimos a alguien que la acompañe simulando ser su esposo. Usted sería un buen candidato.

María: No. Él no es misionero y nunca ha participado de algo parecido. Ni siquiera es cristiano. No te ofendas Roberto, no lo digo en forma de ofensa. Es que esto es muy peligroso.

Noel: Esto es una emergencia. Le ruego lo piense.

María: Lo sé, pero él no sabría cómo actuar y estaríamos en riesgo.

Noel: Peor es no tener a un hombre. ¡Si vas sola, ahí sí que moriremos! No creo que sea tan difícil para él. Es solo aparentar que son un matrimonio, entregar las provisiones y ya.

María: Lo dices así de sencillo, pero sabes que no lo es. No me gustaría que algo malo le pasara a Roberto por mi culpa.

Roberto: (Confuso y con su ego un poco lastimado por los comentarios de María) ¡Permiso! Yo estoy presente y puedo tomar decisiones por mi cuenta. Explíquenme la situación.

Noel y María se miraron decidiendo a ver quién le explicaba la situación.

Roberto: Para tener el trabajo que tengo, he pasado por pruebas peligrosas y entrenamiento fuerte. No soy un niño indefenso.

Noel comenzó a explicarle toda la misión y la pobreza de aquella provincia. Continuó detallándole los puntos del plan y las áreas de peligro. Les explicó que ya tenían a un matrimonio para el trabajo, pero el señor tuvo un accidente grave y la esposa se encontraba con él en el hospital.

Noel: Necesitan mover las provisiones, pero los residentes son vigilados en el aeropuerto. Necesitamos a unos extranjeros que alquilen un vehículo para mover el material. A los turistas no les investigan los autos o pertenencias. La ley de Perú dice que el gobierno recibirá el 40% de las provisiones misioneras. Pero la realidad es que se quedan con mucho más porque los ayudan los contrabandistas quienes nos roban y luego reportan menos cantidad. Lo haremos todo clandestino porque esta provincia necesita todas las provisiones y mucho más.

Roberto: ¿Por qué el gobierno hace eso?

Noel: Ese porciento pasa a los ricos. Limitan al pobre porque mientras haya pobreza, ellos se benefician y pueden seguir en control.

En resumidas cuentas, Roberto entendió que era necesaria su ayuda y que no había tiempo que perder. Además, no le agradó el ver que María lo visualizara como un inútil. Esto lo animó aún más para ayudar y demostrarle de lo que era capaz. María una vez más pensó que Dios puso a Roberto en su camino con propósito espiritual y no como pareja. Esa noche Noel les dio la orientación del viaje con fotos de los contrabandistas y de las personas peligrosas. Estuvieron varias horas practicando nombres y familiarizándose con el área a través de mapas. Acordaron encontrarse con Noel en la provincia. Ellos debían llegar solos, pero tendrían personas vigilándolos para apoyarlos por si algo saliera mal.

Cuando Noel se fue, Roberto y María continuaron practicando lo que harían. Roberto aprovechó para tratar de excusarse y de explicarle todo a María, pero ella lo interrumpió y le dijo que ambos actuaron mal así que no hacía falta una explicación. Ella no quiso hablar del tema porque sentía que eso haría que volvieran a actuar como pareja entre coqueteos y ella ya no deseaba una relación entre ellos. Ella sentía que hoy habían comenzado en cero como amigos, como debía ser. Roberto aceptó dejarlo todo en el pasado porque su confesión podría dañar la misión a la que irían.

A la mañana siguiente se encontraron en la iglesia tal como acordaron con Noel. Cuando Roberto llegó, María ya estaba orando. Allí María le pidió a Roberto que se arrodillaran juntos para presentarles a Dios este sacrificio que harían en su nombre y para pedirle su bendición y protección. Roberto se sentía tímido en el templo. Le estuvo extraño al ver como María oraba, como si platicara con una persona presente frente a ellos. Como todo un analítico, la evaluó mientras oraba y le gustó la seguridad con la que María le hablaba a Dios. Mientras ella oraba él iba entendiendo que iría a esta misión por apariencia, para demostrarle algo a María o por llevarle la contraria. También iría por lástima con esas personas pobres muriendo de hambre. A diferencia de él, entendió que María iría porque sentía que era su deber y notó que ella en el fondo, tenía miedo por el tono de su voz y por unas pocas lágrimas que derramó. Además, era como si ella se uniera a la agonía de esas víctimas. No era lástima lo que ella sentía, era una clase de unión y de amor.

Saliendo del templo, María le dijo que allí dejaban sus miedos y se recargaban de fe y confianza. Le dijo, además, que ese momento se convertían en soldados de Dios. Cuando salieron decidieron que ambos guiarían hasta la casa de María donde dejarían un auto y se marcharían juntos hacia el aeropuerto. De camino a casa de María, Roberto llamó a su amigo

Antonio y otros Ángeles

Martín para contarle que ella era la loca que él veía a veces en el expreso guiando un Jeep descapotado.

Martín: ¡No lo puedo creer! ¿Ella es la cantante de la Jeepeta?

Roberto: ¡Es ella! Ahora mismo va guiando en frente de mi con su brazo izquierdo afuera jugando con el aire.

Martín: ¿Quién lo diría? Te enamoraste de la mujer que veías casi a diario y a la que criticabas a cada rato.

Roberto: Va cantando y moviendo la cabeza como otras veces. El pelo va alborotado y ella guiando negligentemente con una sola mano.

Martín: ¡Cálmate, que no te de un infarto! Como te he dicho antes, el guiar con una sola mano es posible y no es negligente. ¡Solo déjale distancia!

Roberto: Me cambié de carril y ahora va a mi lado haciéndome muecas y diciéndome adiós.

Martin: (Riendo) Que pena yo no estar ahí para verla y para ver tu cara de espanto.

Roberto: No te rías. No sé ni qué hacer. Los demás en los autos deben estar pensando que soy un loco como ella.

Martin: Deja de pensar en los demás. Por eso eres tan aborrecido. Mírala a ella, lo feliz que es porque no piensa en lo que opinen los demás.

Roberto: (Riendo) A la verdad que se ve cómica.

Martín: ¡Tú riéndote! No te digo que has cambiado. Creo que esa mujer es un ángel que Dios envió para cambiarte.

Roberto: Comienzo a pensar que es posible.

Martín: ¿Qué?

Roberto: Estoy de camino al aeropuerto para irme en un viaje misionero con ella. Es algo complicado para explicarte, pero te contaré todo cuando regrese.

Martín: Definitivamente que sí existe un Dios. Tu nunca te has preocupado por nadie, ni siquiera por tus padres, y vas a ir a un viaje misionero. Creo que estás enamorado y ya te veo casado con la cantante de la Jeepeta. Es más, te veo montado en el Jeep al lado de ella con tu brazo afuera jugando con el aire.

Roberto: (Molesto) ¡Ridículo! ¡Hablamos! (Le colgó la llamada.)

Eugenia: Para esos tiempos, los autos no usaban gomas, sino que se suspendían sobre la ruta. Quedaban muy pocos autos con gomas y menos convertibles. Además, ya casi nadie guiaba con las ventanas abajo y no solo era la costumbre del aire acondicionado, sino que no deseaban despeinarse para lucir más perfectos. En especial las mujeres cuidaban bien que su cabello pulido estuviera impecable en todo momento porque casi todas las perfectas tenían pelo lacio.

Antonio y otros Ángeles

A María no le preocupaba mucho su cabello ni su apariencia ya que su enfoque era disfrutarse la vida en todo momento y en especial conducir sintiendo la brisa. Para su trabajo siempre se hacía una dona, la cual se soltaba tan pronto como pudiera. A muchos les incomodaba ver como ella se disfrutaba su viaje en el auto cantando feliz. Roberto era uno que la veía como una imperfecta descuidada y alborotosa mostrando su pulsera sin medir consecuencias.

Ese día Roberto la vio de otra manera. Mientras ella le hacía muecas, él veía gestos de amor. Vio que no era una loca llamando la atención sino una mujer disfrutándose la vida sin importar el juicio de los demás. Ella era muy distinta a él en ese sentido.

El vuelo fue uno placentero y ellos aprovecharon para hablar de diferentes temas. La pasaron muy bien e inclusive María le contó de otros viajes misioneros y amigos que habían muerto como mártires por Dios. Ella le comparte su sueño de que cuando ella se case desea continuar haciendo viajes misioneros junto a su futuro esposo y sus hijos.

Él reconoce que es una diferencia más para la lista negra de una posible relación. No visualiza a sus futuros hijos de misioneros y se retuerce mientras ella le cuenta de los inconvenientes y la falta de lujos que enfrentarán. Cada vez se convence más de que esta mujer no es para él. Llegó hasta sentir un poco de arrepentimiento por el viaje mientras ella le daba los detalles, pero rediseña su mente y lo toma como una misión parecidas a las del entrenamiento del FBI.

Al llegar a Perú comienzan a actuar como casados, incluyendo el caminar cogidos de manos. Cuando María le tomó de la mano por primera vez, Roberto no pudo disimular que sintió algo especial y que le agradó. El la miró con una leve sonrisa ocultando que estaba nervioso pero sus mejillas sonrojándose lo delataron.

La pulsera de Roberto comenzó a vibrar al salir del terminal de aeropuerto y María le pidió que se la quitara porque los delataría en tiempos de tensión. Él estaba horrorizado al ver tanta suciedad, edificios mal pintados, pobreza y tantos imperfectos. Nadie usaba pulsera, pero era obvio para Roberto de que eran imperfectos. Entraron a una tiendita dentro del aeropuerto.

María: Vamos para que te compres ropa común para cuando estemos en el poblado.

Roberto: Pero esta ropa es horrible.

María: ¡Baja la voz! Es como un disfraz. Si te vistes con tu ropa en el poblado opacarás a todos y puede que nos pongas en peligro. ¡Mídete esta camisa!

Roberto: Nunca me había medido ropa antes de comprarla. Lo normal es comprarla por internet. ¿Esta ropa se la han medido otras personas?

María: Componte por favor. No hay tiempo que perder. Si deseas, comprarla sin medirla, la lavas y luego la usas.

Antonio y otros Ángeles

María decidió probarse unos trajecitos caseros para hacer la experiencia más placentera para Roberto.

Cada vez que se cambiaba de ropa salía con una nueva ocurrencia, un baile o una payasada. De igual manera se divertía con algunas piezas que definitivamente le quedaban horribles a Roberto. Hubo otras que lo hacían lucir como el hombre perfecto para ella, sencillo y humilde.

Él notó el cambio en su sonrisa y un brillo en la mirada lo cual fue un poco incómodo para ambos así que decidieron que comprara lo que ya tenían. Al finalizar entraron a otras tiendas buscando las pastillas sustitutas de alimentos para Roberto.

María: ¡Pero no te preocupes tanto! Quizás no las necesites.

Roberto: Mi sistema está acostumbrado a las batidas y pastillas. Casi no consumo alimentos. No puedo creer que en este país aún consumen solamente alimentos. De haberlo sabido me hubiese traído las mías.

No encontraron las pastillas. Cuando tomaron sus maletas se les acercó un maletero para ayudarlos, al cual reconocieron como uno de los que los apoyarían en el viaje, por las fotos. Este joven les ofreció tomarle las maletas y los acompañó al *counter* de rentar autos. Allí vieron que una de las muchachas también era otra de las de la misión, y ella fue la que los atendió. Luego el maletero los acompañó hasta el auto el cual era como un tipo de camión safari, parecida a una mini camioneta. Allí el muchacho les acomodó las maletas. Le dieron una buena propina y comenzaron su misión. A minutos de haber salido del poblado y de la zona de peligro, María subió el volumen de la radio y comenzó a cantar.

Roberto: Te veo muy relajada. Habías dicho que era peligroso.

María: Sí, es peligroso, pero no es impedimento para ser feliz. Además, ya salimos del poblado y ahora es solo monte lo que nos espera. Lo más peligroso serán los otros dos viajes que debemos hacer. En ellos es que les estará extraño que volvamos a salir del aeropuerto.

Roberto: ¿Tanto arriesgarnos para tres maletas?

María: Este *jeep* está llena de cajas. Nuestros angelitos ya tenían todo cargado.

Roberto: ¡Oh! Pensé que debíamos ir a recoger las provisiones a otro sitio. (Pensativo) ¡No es tan difícil!

María: Sería muy obvio.

Roberto: (Sonriendo) Creí que habías escogido el auto a tu gusto.

María: (Le agradó su sinceridad) No fue por gusto. Imagino que preferirías un auto de lujo, pero llamarías la atención en los otros dos poblados que cruzaremos. (María comienza a reír)

Roberto: ¿De qué te ríes?

Antonio y otros Ángeles

María: Que no sepas guiar estándar. (Riendo) Me lo imaginaba, eres muy perfecto.

Roberto: ¡No da gracia! Yo de pasajero mientras mi supuesta esposa guía en sus vacaciones.

María: Lo hago por ti mi amado esposito (ambos rieron juntos) ¿Cuáles fueron tus últimas vacaciones? ¿A dónde viajaste?

Roberto: Nunca he viajado de vacaciones. Llegué a viajar por trabajo en un pasado, pero no acostumbro vacacionar.

María: ¿Qué? ¡No puedo creerlo! Hasta las computadoras necesitan vacaciones. Nada más perfecto que las computadoras y hasta ellas necesitan *restart, shutdown, antivirus y backups*. El ser humano necesita despejar la mente y también necesita recargar baterías, por lo menos semanal. Yo amo vacacionar. He viajado de descanso, pero estos viajes misioneros son mi forma de recargar batería. ¿Qué haces para recargar, algún pasatiempo favorito?

Roberto: Nadar y molestar a mi amigo Martín.

María: ¡Me gustaría conocerlo! ¿Es cómico o divertido?

Roberto: (Riendo) ¡No tienes idea! Mirarlo nada más es un chiste y se molesta con facilidad. Ahí es cuando más cómico se ve. Él es un negrito bembón y cuando se molesta parece que te quiere besar con la trompa que hace.

María: No te visualizaba con un amigo así. ¿Él es perfecto? Perdona, no me tienes que contestar.

Roberto: ¡No te preocupes! No, no es perfecto.

María: (Un poco sorprendida cambia el tema) A mí me encanta la playa como pasatiempo. ¿Vas a nadar en piscina?

Roberto: Sí. En mi casa tengo una pequeña piscina con corriente de natación. He notado que sueles hablar con términos exagerados como amo esto y me encanta lo otro. ¡Amas muchas cosas!

María: ¡Sí, así soy! Soy una mujer apasionada. (Riendo) Suena mejor que extremista. (Gritando) ¡Amo la vidaaaa!

El viaje duró alrededor de catorce horas así que llegaron en la mañana. Noel los recibió en su llegada a la provincia. Los presentó a la comunidad, quienes los recibieron con aplausos y abrazos. Roberto disimuló bastante el ver en las condiciones que vivían y al ver hombres caminando sin camisas, niños descalzos. Más aún lo extraño que se le hacían los abrazos, y lo incómodo que le era el caminar por pasto y tierra.

El poblado afectado estaba muy cerca de esa comunidad así que los encargados guardaron las provisiones en un almacén y escondieron la camioneta. Ellos no debían ser vistos así que no visitarían el poblado afectado. Su labor era solamente traer las provisiones hasta el almacén. El próximo viaje sería en dos días para no ser tan obvios, ni

Antonio y otros Ángeles

llamar la atención de los pandilleros y ladrones del área, o la atención del gobierno (Todos igual de peligrosos). Una de las familias les dio alojamiento en su casucha la cual era la más espaciosa de la comunidad. A la mañana siguiente vinieron varios niños curiosos a visitarlos y a ver los extranjeros como si fueran extraterrestres.

María: ¡Amo los niños!

Roberto: (Sonriendo en todo burlón) ¡Otro amor tuyo! ¡Ay!

María: Los niños siempre son curiosos. Sin importar la cultura o el país que visito, siempre los niños son los primeros en hacerse mis amigos.

Roberto: (Con sonrisa coqueta) ¿No será por tu poca madurez? Pareces una niña.

María: (Riendo) **Hay que ser como un niño para llegar al cielo. Muchas veces recuerdo la mirada tierna de mi padre y luego imagino que Dios me mira con mucho más amor que ese.** Él debe mirarme como a la niña de sus ojos. **Soy como una niñita con interrogantes, ¿Por qué me pasó esto?, ¿Cuándo conseguiré aquello?... con muchas preguntas como los niños hacen. Así soy con Dios, lo vuelvo loco con preguntas. Pero así mismo me siento mimada y quiero que me añoñe siempre.**

Ella comenzó a conocer a los niños y a hacerle preguntas. En fin, estaba haciendo nuevos amigos.

Roberto se mantuvo a distancia observándola desde su caucho en la esquina del piso en la sala. No estaba muy contento al descubrir que sus artefactos electrónicos no funcionaban. Al María percatarse se le acercó y le explicó que no había internet lo cual lo dejó en asombro. Ella lo invitó para que se sentara con ellos en el pequeño balcón a la entrada de la casucha, solo a unos pasos de él. Los niños se reían viendo como ella le hacía muecas y sanamente lo molestaba. Era obvio que él no sabía ni cómo sentarse en el suelo. No deseaba tocar el piso con sus manos. Algunos notaron que él era un poco diferente a María y niños al fin lo interrogaron. Uno le preguntó por qué usaba camisa con el calor que se sentía a lo cual él contestó que era por respeto y tradición de su cultura. Lo que era la realidad, pues ni su amigo Martín lo había visto sin camisa.

María aprovechó para hablarle a los niños sobre Dios. De esta forma Roberto aprendería también sobre la catequesis. A principio él no dejaba de evaluar su tableta y su reloj, pero su semblante fue cambiando distrayéndose con la risa de los niños. Estuvieron varias horas hablando con los niños hasta que a María le dio hambre percatándose que para ellos ya se había pasado la hora de almuerzo. Invitó a Roberto a una caminata por los alrededores. Caminaron unos pocos metros, pero él decidió virar porque se le hacía muy difícil caminar entre pastos y ramas.

María: No mires el pasto entre tus pies. Mira la belleza de la naturaleza alrededor tuyo.

Roberto: ¿Cómo no mirar mis pies? ¡Me voy a caer con tantas ramas y plantas entre ellos!

Antonio y otros Ángeles

María: (Doblándose arranca una espiga) Mira que flaquita es la hoja, es indefensa, se dobla con facilidad. Solo camina sin pensarlo y la moverás. No pasará nada, te lo aseguro. Iremos suave y verás que te iras acostumbrando. Además, estoy buscando frutas para que comamos algo porque sé que al igual que yo debes de tener hambre.

Roberto: Sí, reconozco que tengo un poco de hambre. ¿Cómo sabes qué se puede comer y qué no?

María: Mis padres eran misioneros y me criaron gran parte de mi vida en el bosque, así que conozco mucho de plantas, árboles y sobrevivencia.

Caminaron un poco más hasta que él se sintió un poco más cómodo. María encontró dos tipos de frutas de las cuales recogió varias pepitas. Fue muy divertido para María el ver lo místico que lucía Roberto, aunque no lo verbalizara se notaba que no se atrevía probarlas. Ella tuvo que mostrarle cómo pelarlas y tuvo que comerla primero para que él viera su reacción.

Roberto: ¿Estás segura de que no es broma? ¿A qué sabor de fruta se parece?

María: Saben un poco más dulces que la fresa. La apariencia engaña, pero no te miento, son deliciosas.

Roberto: Pienso que no las podemos llevar para lavarlas antes de comerlas y así preguntarle a Noel si de veras se comen.

María: (Sonriendo) ¡No seas incrédulo! Te aseguro que sé lo que hago y no pondría tu vida en riesgo. Además, te comes lo de adentro, no hay que lavarlas. No quisiera incomodarlos y que sepan que tenemos hambre. ¡Come!

Luego de Roberto probarla, le fascinó. La otra fruta estaba cubierta de un caparazón fuerte así que María le pide que caminen un poco para buscar unas piedras necesarias para abrirlas. El admiraba como ella ingeniosamente medía las piedras mientras caminaba y hablaban de los sonidos de las aves y los nombres, hasta que encontró las piedras perfectas.

Sin duda confirmó que ella era una mujer brillante. toda una aventurera. Conocía la hora por el sol, la distancia recorrida y la localización, así que se sentía seguro. Se sentaron un rato a comer y platicar hasta que decidieron regresar.

Al atardecer llegó la hora del almuerzo-cena porque en el poblado comen solo una comida fuerte aparte del desayuno. Era el plato típico para sorprender a los invitados, arroz mezclado con granos en textura de avena. Todos los del poblado se sentaron en unas mesas largas bajitas, cada cual trajo su alfombra para sentarse en el suelo junto a su familia y todos comieron en el fiestón.

A ellos le pusieron una alfombra pequeña y unos cojines. María sonriendo lo felicitó al ver que él se sentó sin ningún problema, mientras le decía que fue bueno el que hubiese practicado con los niños.

Antonio y otros Ángeles

Roberto se obligó a probar unos bocados por cortesía, pero casi no comió nada. María sentía un poco de lástima porque reconocía que era demasiado para Roberto, entre el arroz con textura babosa y el bullicio de todos hablando y riendo mientras comían. A diferencia de la ciudad, donde todo era perfectamente silencioso y aburrido. Sentía un poco de pena por él, pero en el fondo se sentía en casa y feliz. Luego de la comida conocieron a varias familias, cantaron y hasta bailaron.

Ella se sentía libre cuando daba vueltas abanicando su falda. Roberto la admiraba notando que ella sabía muy bien el baile y hasta lo bailaba mejor que algunas mujeres. Al principio pensó que era un poco alborotoso al ver como todos gritaban en cada vuelta, pero el brillo de los ojos y las sonrisas hicieron que le fuera agradando la escena. Algunos lo invitaban a bailar, pero él se negaba con una sonrisa tímida. María lo protegía diciendo que había sido un día difícil pero que ella bailaba por él, así que le guiñaba el ojo y se volvía a unir al baile.

Al culminar la fiesta María fue para ayudar a la señora de la casa en acomodar todo. La señora la trataba de muy mala manera mientras que María no cambiaba su amabilidad. Roberto estaba sorprendido y se notaba que iba a cuestionarle a la señora, pero María le hizo un gesto de que todo estaba bien así que él no comentó al respecto.

Al terminar con los quehaceres, María le pidió al pequeño de la casa que llamara a los otros niños para que hicieran cuentos. Roberto se acostó, pero los escuchaba durante la noche, como María y los niños se la pasaron haciendo chistes, cuentos y juegos. Además, no faltó el que ella les hablara de Dios.

Al día siguiente María le pidió a Roberto que oraran una vez más porque saldrían para un poblado cercano al pueblo del aeropuerto y así el viaje sería más corto al día siguiente. Luego de la oración, María ayudó a la señora a preparar el desayuno sin importar que esta continuara tratándola mal. Al terminar el desayuno salieron y llegaron al otro poblado en la noche. Allí los esperaba Noel para recibirlos y presentarles los voluntarios que les darían alojamiento en su hogar. En esa casa durmieron sobre unas colchas también en la sala de la casa. Roberto aprovechó para preguntarle por qué ella aguantaba que la señora la tratara así. El por qué no se defendía, solicitara respeto, o le decía a Noel para que los cambiaran de casa al regreso.

María dejó que él dijera todo lo que sentía, pero le pidió que parara cuando comenzó a criticar a la señora como una mala cristiana. María le explicó que no le dijo nada porque respeta el que todas las personas son distintas y más aún alguien de otra cultura.

María: No conozco la infancia de ella, ni los cantazos que la vida le haya dado. Sí sé que no le debe haber ido tan bien como a mí. Sé que es madre en un lugar violento y donde los niños mueren de hambre. No puedo juzgarla porque no la conozco bien. *Yo sí sé de mí y sé que me puedo aguantar. Mi frase favorita: ¡No*

me ofendo, sé muy bien quien soy! Pienso que al igual que los mártires iban alegres a la muerte, así debo estar yo, alegre. Pues esto es un acto indeseable, pero me sirve para dar gloria a Dios y puede que ella cambie por mi ejemplo. ***A las personas muchas veces les llegan mejor los mensajes por ejemplo que por palabras.***

Roberto: ¡Puede ser! A la verdad que no había visualizado como se sentirán ellos viviendo en estas condiciones.

María: ¡Así es! Es difícil visualizar la vida de otros.

Roberto: Pensándolo bien, sería poco cortés que tras de que nos dan alojamiento, la tratemos con exigencias.

María: Bastante debe ella estar pasando como para que le demos un problema adicional. Además, creo que aquí está pasando lo mismo que en otros casos. Ella tal vez no deseaba alojarnos por temor a su seguridad y a la de sus hijos. Porque si se enteran que ella nos alojaba, ella y su esposo serán los responsables por darnos albergue. Creo que al tener la casucha más amplia le impusieron, o quizás ellos la ofrecieron por reconocer que era lo lógico. Pero, aunque ellos hayan aceptado, es mucho peligro el que corren.

Roberto: *Wow!* ¡Es cierto! Ahora ha cambiado toda mi perspectiva hacia la señora.

María: La misión de un misionero no es solamente

llevar alimentos o catequesis. Un misionero lleva a Dios. Con mi ejemplo les hablo de Dios. Somos mensajeros de la fe cristiana. *Yo solamente estoy dispuesta como instrumento y Dios nos utilizará para hace el milagro. Hay ocasiones que ni nos enteramos que Dios nos utilizó para llevar algún mensaje o de que alguna vida cambió por algo que hayamos hecho.* Dios solamente desea que estemos dispuestos. De ejemplo usaré a la mujer samaritana en el pozo: Jesús le pide que le dé agua y luego le revela que él es tan poderoso que le daría agua viva y eterna a ella. Es como contradicción porque él no necesitaba agua, pero yo lo veo como que Dios no nos necesita para hacer milagros o para llevar el mensaje. ¡Él es Dios! Pero a él le agrada nuestra disposición y muestra de amor. Otro ejemplo es San Juan 21: 1-19. Jesús les pide a los discípulos que tiren las redes a la derecha y cuando llegan a la orilla ya Jesús estaba cocinando un pez. Jesús no los necesitaba, pero si deseaba la disposición y la obediencia porque luego les pide que sean pescadores de hombres, que lo sigan y apacienten sus ovejas. No sé si me he explicado bien.

Roberto: No conozco muy bien de las lecturas, pero sí entendí a lo que te refieres. El ejemplo de la persona sí dice mucho. Es como Noel al que no conocemos en lo personal, pero siento que lo conozco de hace años por la manera que nos trata y de cómo nos habla.

María: ¡Cierto! Es un hombre recto que se da a respetar, pero a la vez es tierno con su mirada.

Roberto: No puedo creer que haya venido hasta acá

para recibirnos. Nos trata muy especial, nos cuenta lo que ha hecho en el día, cómo ha sido la repartición de provisiones y no se cansa de agradecernos y reconocernos como si toda esta misión la controlamos nosotros y él solamente la administra.

María: Exactamente, nos hace sentir apreciados.

Roberto se quedó admirando a María en silencio.

María: ¿Qué piensas?

Roberto: (Sonriendo) ¿Sabías que hablas muy rápido? Es como si siempre tuvieras prisa.

María: (Riendo y haciéndole muecas) ¡Lo sé! Y muchos de ustedes, perfectos, hablan demasiado de pausados para que uno se dé cuenta de que piensan antes de hablar. ¡*Wow*, que inteligentes son!

En eso se le acercó Noel para despedirse ya que se quedaría en otra casa. Primero les repasó el plan, los nombres y fotos de los que los atenderán. Luego que Noel se marchara, ellos hablaron de varios temas. Ya antes de que se acostaran, Roberto vio que María sacó su biblia al igual que todas las noches anteriores. Aprovechó para preguntarle el por qué leía en libro y no en internet como lo acostumbrado. También le preguntó si la había leído completa porque le extrañaba que tuviera tantos marcadores. Ella le confiesa que la lee en libro por una costumbre que continúa por sus padres y que nunca la ha leído completa de corrido, pero sí la ha leído completa por partes. María le muestra su Biblia la cual estaba repleta de papelitos, marcadores y además marcada en algunas páginas a bolígrafo. Ella le advirtió que no le moviera ningún marcador de sitio. Todos son regalos de talleres, retiros, viajes misioneros, o simples regalos de personas especiales. Están marcando versículos de cada experiencia o eventos claves en mi vida cristiana. Otros marcan mis lecturas favoritas. Ella le explica que tiene esta biblia desde su infancia. Fue un regalo de sus padres en el primer viaje misionero que la llevaron con ellos, como muestra de que ya tenía suficiente madurez para ella dirigir su fe cristiana. Le leyó algunas lecturas que leía la noche anterior. Eran versículos positivos sobre promesas de Dios. Le dijo que eran las lecturas que leía junto a sus padres en sus viajes misioneros. Continuaba la costumbre de leer este tipo de lecturas para fortalecerse y sentir la protección de Dios.

A la mañana siguiente fueron muy temprano al *car wash* de la compañía de alquiler de autos en el aeropuerto. Al llegar ya el empleado les tenía un vehículo parecido cargado. Tuvieron que entrar a la oficina para solicitar la extensión de su reservación. En eso entró el joven diciendo que ya tenía un vehículo parecido disponible y que notó que el auto que ellos traían tenía un liqueo. Le hicieron el cambio en el sistema y les entregaron las nuevas llaves. Cuando salían de la oficina Roberto vio a Federico.

Roberto: ¡Veo a Federico!

María: ¡Acércate! (Ella sonriendo se le paró de frente muy de cerca como si fuera a besarlo) Sabes que si él está es porque estamos en peligro. Debe haber ladrones vigilándonos. ¡Háblame romántico! Aparentemos hablar de otra cosa. No podemos irnos.

Roberto: (Admirándola, pero nervioso) ¿Qué te hable romántico? Me gusta tu color de labios.

María: (Mirándolo coqueta) No es el color o el lápiz labial lo que te gusta, son mis labios los que te atraen.

María se le acerca aún más y le pega sus labios a los de él, solo un roce de labios de lado a lado suavemente. Roberto se quedó frisado y al fin la miró con deseo.

Roberto: Me tomaste por sorpresa.

María: (Con mirada coqueta) Eres mi esposo, tengo permiso a hacerlo.

Roberto: (Riendo) ¡Es bueno saberlo!

María: ¿Desde cuándo te sacas las cejas?

Roberto: (Riendo) ¡Ya cambiando tema! ¡Que lista eres! Guiar tanto estándar te hace daño. Cambias de tema tirando cambio demasiado de rápido.

Ese comentario hizo que María recordara cuando conoció a Roberto y sus conversaciones por *See U*. Eso la desenfocó un poco, pero en eso Federico se quitó su gorro mirando hacia el cielo lo que era una señal de que se debían marchar.

Roberto le dio una nalgada a María y comenzó a

caminar. Ella se sorprendió, pero no podía decir nada. Mientras caminaban él le susurró al oído "Eres mi esposa así que yo puedo" y continuó riendo. Ya casi llegando a la camioneta, ella le quita las llaves desprevenidamente y sale corriendo y riendo diciéndole que la venganza nunca es buena.

El nuevo vehículo ya tenía agua y provisiones preparadas para el camino, al igual que la vez anterior. Esto era lo que les ayudaba a completar el camino de 14 horas evitando paradas para ahorrar tiempo y evitar ser vistos. En una de las luces del centro María se fijó que los seguía un auto. Como en dos luces más adelante el auto se les acercó y era un ladrón de las fotos que habían visto. Ya María le había avisado a Roberto y cuando tuvieron que parar en la próxima luz, el auto quedó al lado de ellos así que María disimuladamente le pide a Roberto que se le acercara. Cuando él se le acerca para darle un beso, ella lo despeinó y él se molestó bastante. Comenzó a reclamarle que no le dañara el peinado. María no podía parar de reír mientras el continuaba quejándose.

María: ¡Lo sabía! Sabía que eres de esos a los que no se les puede dañar su cabellera. Te la pasas acomodándotela, ja,ja,ja...

Roberto: No tiene gracia. A ti te molestaría que te hicieran lo mismo.

María: Pues claro que tiene gracia y unas cuantas greñas por fuera. (Con lágrimas en los ojos de tanto reír) A mí no me molesta. ¡Házmelo, dale!

Antonio y otros Ángeles

En la próxima luz que les tocó parar, Roberto aprovechó y le alborotó el cabello exageradamente mientras ambos reían. Cuando cambió esa última luz el auto viró alejándose de ellos y así pasó el peligro. Ellos continuaron su camino y llegaron de noche a la provincia. Unas horas más tarde llegó Federico.

Noel: María y Roberto me han dicho que te vieron y que vieron a Raúl. ¿Qué ha pasado?

Federico: Raúl los estaba vigilando. Yo me imagino que alguien los puso en evidencia por dinero. Pero no creo que ya estemos en peligro porque Raúl fue poco cauteloso y obvio al perseguirlos. Pienso que no creyó que fueran misioneros. En un principio yo pensé que era mala idea que ambos fueran tan apuestos y hasta Roberto parecía demasiado de educado. Pensé que llamarían demasiado la atención, pero ahora creo que es algo bueno porque ni Raúl debe pensar que son personas comunes. Sinceramente estos muchachos actuaron muy bien en el aeropuerto. No se mostraron nerviosos, hasta a mí me hicieron dudar con lo contentos que se veían.
María y Roberto se miraron y rieron. Noel sonrió también. No quise ofenderlos con la forma en que me expresé. Lo que quiero es reconocerlos y agradecerles su trabajo. Este muchacho Roberto parece que es actor porque hasta se ve como riquitillo, no parece un misionero. Sé que Raúl no podrá creer que son misioneros porque Roberto ni mira a María con amor de santo cómo los misioneros. Hasta aparenta ser vanidoso. Es perfecto para esta misión. Creo que eso fue lo que los salvó.

María: Mejor le quedó la actuación que hizo en la camioneta cuando nos persiguieron. Se molestó cuando le despeiné la cabellera. ¡ja,ja,ja! (Dirigiéndose a Roberto sonriendo) Sabía que si te veían actuar así pensarían que eres un riquitillo presumido y no un misionero.

María, Roberto y Noel se miraban entre sí y más reían, porque sabían que no era actuación, ni que Roberto era misionero. Seguido discutieron algunos temas sobre las provisiones y los enfermos del poblado afectado. Luego María se despidió para acostarse temprano. Un poco más tarde se despidió Federico y se quedaron solos Noel y Roberto.

Noel: ¡María es una campeona! No está fácil guiar tantas horas un vehículo estándar y mucho menos por estos caminos.

Roberto: (Sintiéndose orgulloso de María) Sí, ella se ve muy luchadora.

Noel: ¡Lo es! Ella no titubeó para venir a esta misión, no lo dudó ni por un segundo. No hay que conocerla de años para ver lo buena persona que es. Hay personas que son transparentes, uno reconoce que son sinceros siempre. ¡Así es esa muchacha!

Roberto: Sí, ella es muy fácil de leer, es sencilla y sin complicaciones.

Noel: Tú también eres un buen muchacho. Aceptaste la misión por la razón que haya sido, pero la aceptaste. ¡Por aparentar, por amor, por lo que fuera!

Antonio y otros Ángeles

Roberto: (La mirada de Noel lo hizo sentir nervioso, como si pudiese leer sus pensamientos) ¿Por amor?

Noel: No creas que no me he fijado cómo se miran. Pareciera que se están creyendo lo del matrimonio. (Riendo)

Roberto: (Sonriendo) No. Somos solo amigos. Somos muy distintos.

Noel: No veo tanta diferencia entre ustedes. Veo que son dos hijos de Dios sirviéndole, arriesgando sus vidas juntos, se llevan bien y Dios les ha unido en esta misión. ¿Te digo algo? Todo lo que sucede en el mundo tiene un propósito. Dios no se equivoca y pienso que él deseaba que ustedes vinieran a este viaje juntos para que se conocieran mejor. En su país me percaté de una diferencia entre ustedes, el color de sus pulseras. Quizás Dios desea que se conozcan sin pulseras. ¡Buenas Noches! Me retiro, pero piénsalo.

A la mañana siguiente María se había levantado muy temprano. Cuando Roberto se levantó escuchó la risa de los niños y para su sorpresa le agradó el sonido. Se quedó recostado en el caucho sonriendo al techo mientras los escuchaba riendo. Decidió levantarse para asustarlos. Al sentarse iba a comenzar su rutina mañanera robótica, y arreglarse el cabello, pero decidió no hacerlo. Se asomó al balcón cubierto con su sábana y salió corriendo hacia los niños gritado. Todos se asustaron y algunos salieron corriendo. Inclusive María se asustó y luego no podía parar de reírse. Todos reían, hasta Roberto se rió como nunca en su vida. Al quitarse la frisa María continuaba riéndose, pero un poco sorprendida porque Roberto estaba sin camisa y despeinado. Sus miradas se cruzaron y ambos sabían que ese brillo significaba algo. Ella trataba de continuar riendo normal, pero se sonrojaba cuando la mirada bajaba para admirar sus abdominales perfectos. Su corazón se llenó de mayor alegría al admirarlo, él lucía feliz y real.

María: (Sonriendo) Jamás esperé un susto proviniendo de ti. ¡Mírate! ¡Te he dañado!

Roberto: (Riendo) Tenías que ver tu cara.

María: Mira tu pelo. (Rendo y despeinándolo un poco más) ¿Consideras cambiarte el look?

Roberto: (Sonrisa coqueta le fue a quitar la mano de su cabello, pero se quedó sujetándosela suavemente) Me está gustando este look. ¿Y a ti?

María: (Sonrojada le cambia el tema) De eso estábamos hablando antes de que nos asustaras, de peinados. Ve a lavarte y vuelves rápido porque estamos planeando un espectáculo para el poblado y yo peinaré a las niñas con moños inmensos.

Al Roberto retirarse ella se sintió más tranquila porque reconocía que él la inquietaba como nunca antes le había pasado con ningún hombre. Cuando Roberto regresó se topó con la sorpresa de que

Antonio y otros Ángeles

María le había preparado una batida nutricional. Ella había hablado con Noel al respecto desde el día que llegaron y no los encontraron en el aeropuerto, porque ella sabía que sería difícil para él estar tantos días sin sus nutrientes. Roberto sorprendido pensaba que nunca se había sentido tan amado y que María una vez más cuidaba de él.

Roberto: ¡No puedo creerlo! ¿Cómo la conseguiste?

María: Nuestro angelito Noel. Pero te la preparé mediana porque solamente consiguió un pote y no te dará para tantos días. Te recomiendo que ahora sea tamaño mediano para reponerte, pero que en los días consecutivos la bebas pequeña para que te rinda.

Roberto: ¡Tú eres mi ángel! Estoy súper agradecido.

María: Has notado que tu estado de ánimo ha mejorado, hasta tu tono de voz es más potente. Te ves feliz y eso me da mucha felicidad.

Roberto: Si, me he dado cuenta. Me siento más ágil y hasta estoy hablando un poco más rápido. Pienso que me estoy copiando tu forma de hablar y quizás este aire en Perú es más fresco.

En el transcurso de la tarde ellos ayudaron a los niños a preparar las invitaciones del espectáculo que sería dos días más tarde. En esos días María se enfocó en practicar con los niños la obra que ellos escogieron. En sus ensayos coordinaron los vestuarios. Ella añadió partes cómicas a la obra y partes de canciones para convertirla en un musical. Roberto aportó algunas ideas mientras admiraba la creatividad de María.

En las noches él se sentaba a ver como ella les leía a los niños y les contaba historias de la Biblia. Fue una semana divertida entre prácticas, costura de vestuarios, lecturas, juegos y caminatas al bosque a recoger frutas.

El día de la obra María se levantó temprano para peinar a todas las niñas, y Roberto se dedicó a jugar con los niños para entretenerlos. Al llegar la noche decoraron la mesa como una tarima con sábanas.

Todo el poblado estaba muy emocionado, pero jamás pensaron que la obra fuera tan sorprendente. Hasta hubo ojos llorosos cuando algunas madres vieron a las niñas salir con sus vestuarios y peinados de reinado. Ninguno de los niños se equivocó y todo quedó excelente.

El público se rió mucho en las partes de comedia y al terminar la obra había un ambiente de fiesta y alegría. María admiraba los rostros de todas las familias y de los niños. Era uno de esos momentos inolvidables que deseaba grabar bien en su mente. Se sentía feliz, pero a la misma vez la incomodaba un rastro de tristeza al saber que esa alegría les duraría muy poco por la cruel realidad que ese pueblo vivía. Decidió no dañarse la noche y disfrutarla.

Noel: He notado que te gustan los niños.

Antonio y otros Ángeles

María: Me encanta compartir con ellos. Siempre que voy de misionera les doy catequesis. Pienso que si toco la vida de un niño aporto a que crezca como un adulto de bien. Además, los niños son amorosos y simples.

Noel: ¡Te entiendo! Son felices como tú, alegres. Tu ríes mucho y eso es bueno.

María: ¡Gracias!

Noel: Ya tienes edad para ser madre. ¿No piensas tener hijos? Si te encantan los niños creo que debes desear tener hijos.

María: (Pensativa) Sí, desearía tener hijos, pero no es tan fácil. Sé que nunca seré madre. (Con media sonrisa tratando sonar cómica) Primero necesito casarme y sé que nunca tendré pareja.

Noel: ¿Una muchacha tan bella por dentro y por fuera diciendo que no es tan fácil encontrar pareja? Yo te digo, no es tan difícil. ¡Ya llegará!

María: Aquí todo es diferente a mi país. Allá mi físico y mi actitud para ellos son defectuosos. Es como vivir en un mundo de robots o *zombies* que no sienten lo que es estar vivos. No saben de sentimientos, alegría o pasión. Han querido manejar la vida tanto que me da miedo que se atrevan a terminar creando una raza desconocida. Cambian el ADN al gusto de saber Dios qué. Casi todos beben batidas y pastillas hechas de saber Dios qué. (Pausa) No me mires así. No exagero, no me gusta lo que veo y me siento impotente. Salgo de misiones a salvar vidas, pero no puedo ayudar a nadie de mi país.

Noel: Debe ser difícil vivir rodeada de personas inaccesibles. Te entiendo un poco porque me di cuenta de algunas cosas cuando fui. Es un país hermoso con todos los edificios blancos, impecables de limpios y brillosos. Todo es lujoso con detalles de hierro y grises claros. Parece de película con las calles bien cuidadas y todo en perfecto orden, pero le falta un poco de color y vida. Imagino que uno de tus defectos tiene que ver con la pulsera púrpura.

María: Si, por culpa de esa pulsera no soy digna de ser novia de algunos.

Noel: ¿Algunos significa Roberto? Me di cuenta que el usaba otro tipo de pulsera.

María: ¡No es así! El sí es un perfecto, pero él no es algunos. Creo que Dios lo puso en mi camino para ayudarlo a conocer el cristianismo o para algo diferente. Él es solo un amigo y nunca resultaríamos porque somos muy distintos.

Noel: **No es bueno analizar mucho las señales de Dios y tratar de descifrar su plan. Pienso que solo debes vivir dispuesta, servir dispuesta y Dios hará el milagro. Muchas veces salimos bendecidos indirectamente.** Puede que estés dispuesta en ayudarlo y termines enamorada. Además, no veo mucha diferencia entre ustedes. Los he visto reír juntos, jugar con los niños juntos y arriesgar su vida de igual manera.

María: (Extrañada y pensativa por las palabras de Noel, demasiado de parecidas a las suyas) A la verdad que ya no se parece tanto a un robótico perfecto. (Sonriendo viéndolo jugar con los niños revolcándose en el pasto). Ya ni le molesta despeinarse.

Noel: Está bien que sirvas a Dios, pero todos tenemos un llamado y puede que el tuyo sea el de ser madre. Sé que serás una buena madre. (Señalando a Roberto) Abre tu corazón y tus ojos. ¡Hablamos luego!

En los siguientes días, María aprovechaba las mañanas para caminar en el bosque y en algunas ocasiones Noel la acompañaba. En ocasiones solo hablaban de Dios y del paraíso, pero otros días hablaban de diferentes temas como su desilusión con su gobierno, de la pobreza cristiana y en especial de su molestia con la pulsera púrpura. Ella no lo quería abrumar con sus problemas porque sabía que él tenía mucho que manejar en su vida. Se fueron haciendo buenos amigos. Noel le servía de consuelo y la alentaba a ser misionera en su país.

Una tarde les llegó una mala noticia. Uno de los niños había muerto. Le dio una mala digestión, quizás un fuerte virus o hasta una bacteria. Nunca lo sabrían porque ellos no acostumbraban a investigar lo innecesario. Esa noche María estaba muy afectada y Noel no estaba presente para servirle de apoyo. Estuvo sentada sobre unas rocas por un largo rato hasta que Roberto se atrevió a acercársele.

Roberto: ¡Es algo triste!

María: ¡Es algo terrible!

Roberto: ¡¿Terrible?!

María: ¡Terrible! Algo malísimo, una combinación de triste y horrible. Algo que los perfectos no experimentan. (Baja la voz) ¡Perdóname!

Roberto: No te preocupes.

María: Es que me duele mucho lo del niño y también me ha hecho pensar en mi amiga que está desahuciada.

Roberto: ¿Desahuciada?

María: Si, todavía existe ese término mientras vivan los imperfectos.

Roberto: ¡Lo siento! Debe ser fuerte, terrible...

María: (Sonriendo) ¡Terrible! Me has sacado una sonrisa. ¡Eres tremendo!

Roberto: (Riendo) Cada día me parezco más a ti. ¡Tú

eres tremenda! Que gozas en burlarte de mí.
(Unos segundos de silencio).

María: A veces me molesta saber que los perfectos sobrevivan alrededor de 150 años, mientras que yo moriré joven. Quizás por eso es que no sobrevivo, sino que vivo al máximo con prisa como dices tú.

Roberto: (Riendo) Hablando a prisa, guiando a prisa, todo a prisa… te crees *Flash*.

María: ¿Sabes dónde está Noel?

Roberto: Nadie sabe. Me dijeron que lleva poco tiempo aquí y que se irá pronto. Vino a cubrir a un encargado pero que ha hecho más que nadie y en tan poco tiempo. Definitivamente es un gran hombre.

Durante la siguiente semana, Roberto continuaba sin comer bien. Solamente probaba la comida. Cuando Roberto se levantó una mañana, ella lo esperaba con un Jeep viejísimo.

María: Iremos de paseo.

Roberto: ¿Qué? No podemos salir.

María: Yo he caminado el área todas las mañanas y hay un río muy cerca. Ya le conté a Noel y me dijo que el área es segura. ¡Vamos! ¡Móntate!

Roberto: (Riendo) ¡Ok! ¿Pero crees que este auto llegue tan lejos?

Cuando arrancaron, Roberto, no paraba de reír. María cantaba y manejaba con la mano afuera.

María: (riendo) ¿De qué te ríes?

Roberto: ¿De qué te ríes tú?

María: ¡Estás loco!

Roberto: Sí, por salir con una loca. ¡Estamos locos! Me rio de como juegas con el viento con tu mano.

María: ¡Es rico! ¡Hazlo!

Roberto: ¡No!

María: ¡Hazlo, te reto!

Roberto: No, no quiero.

María: ¡Cobarde! ¡Te reto, hazlo! Es rico.

Roberto: (Sacando su mano derecha) ¡No puedo creerlo! Ja,ja,jaj,a... (No paraba de reír)

María: (Mirándolo extrañada por su risa) ¿Te gusta?

Roberto: Es que recuerdo algo que me dijo mi amigo Martin. (Asomando la cabeza para sentir el aire en su pelo) ¡Woohoo!

Los dos cantaban, bailaban, reían y jugaban con el viento. Cuando llegaron al río, Roberto estaba fascinado. Parecía una estampa de película.

Antonio y otros Ángeles

Roberto: ¡Es hermoso!

María: ¿De veras te gusta? No estaba segura si te gustaría.

Roberto: ¿Tú has caminado hasta acá sola?

María: Sí. No es tan lejos cuando cruzas por el monte, pero no quise que caminaras por si no te gustaba el lugar y tuviésemos que virar rápido.

Roberto: ¡Gracias!

María: ¡Vamos! Ven a meternos.

Roberto: ¿A meternos al agua?

María: No es peligroso, ya me he metido.

Roberto: (Riendo) De veras que si eres loca.

María: Te gusta nadar. Vamos para que recargues baterías.

Ella se metió con una camisilla y un pantalón corto. El llevo dos pantalones por consejo de María. Ambos nadaron por buen rato, platicaron y jugaron como niños. Luego se recostaron en las rocas.

Roberto: Tienes un cabello hermoso.

María sintió una corriente que le paralizó la respiración por unos segundos.

María: (Recuperándose sonríe y le alborota la cabellera de él) ¡Gracias! Tú también, pero se te ve mejor cuando te pasas el *blower*.

Roberto: (Le agarra las manos riendo y le alborota el cabello a ella) Así te queda mejor. Ahora sí que te vez hermosa.

María terminó con todo el cabello en su cara. Entre risas y juegos de manos, ambos sabían que les gustaba sentir el contacto de cada cual. Hasta los niños saben que les gusta jugar de manos para tocar a la nena que les atraen. Así se comportaban, como niños inocentes. María preparó una fogata para cocinar unos peces que le trajo.

María: Sé que no has comido bien en estos días y me preocupa que te enfermes. Le pedí a Noel que comprara unos encargos, pero no podemos comerlos en la casucha para no hacer sentir mal a nuestros amigos. Te prepararé un almuerzo exquisito.

Roberto estaba fascinado con la manera en que María se preocupaba por él, de cómo lo miraba, de su forma de ser y ahora de cómo cocinaba. La observaba admirando sus movimientos y su sonrisa.

Roberto: La comida estaba deliciosa.

María: Gracias.

Roberto: ¿Cómo aprendiste a preparar fogatas y a cocinar de esta manera?

Antonio y otros Ángeles

María: Mis padres me enseñaron. Ellos eran misioneros y me llevaban para casi todos sus viajes. En esos viajes trabajamos duro pero mi papa se aseguraba de que pasáramos algún tiempo de calidad y diversión en familia, solos los tres. Casi siempre era de esta manera, con fogatas en el bosque. (Ella mira su sortija) ¡Éramos muy felices!

Roberto: ¿Qué pasó con ellos?

María: Ellos murieron en un viaje misionero. Nos interceptaron y mataron a algunos de ellos. Al primero que mataron fue a mi padre que era el chofer. No hubo tiempo para despedirme de él, pero si pude despedirme de mi madre. En estas áreas odian a los misioneros y así era donde estábamos ese día. Los ladrones comenzaron a bajar las cajas, pero al ver que ella era extranjera, se empeñaron en hacerla sufrir. Ella me había escondido, pero podía verla cuando le dieron una bofetada para que renegara de Dios. La tentaron diciendo que no la matarían si negaba a Dios y ella más fuerte gritaba "Te amo mi Dios, Santo, Santo, Santo tu nombre mi Padre". En ese instante le dispararon y se fueron. Ella seguía con vida y ahí fue que me regaló la sortija de compromiso y me pidió que nunca olvidara que le pertenecía a Dios. Ella estaba tranquila porque iba para el cielo y sabía que Dios hace todo con un propósito. No la vi preocupada de lo que me pudiese pasar a mí, así que me quedé tranquila. Ella era bien alegre, tanto así que sus últimas palabras fueron: "Me tengo que ir, sabes que a tu papá no le gusta esperar. Luego añadió unas palabras que no olvido: **Tu ángel de la guarda está contigo. Dios te protege, no temas".**

Roberto: (Con lágrimas en sus ojos) No tenía idea que habías pasado algo así. Ahora entiendo tu enojo en el restaurante aquella noche. No soportas que alguien le falte el respeto a Dios.

María: No, lo defenderé hasta la muerte. Pero en el restaurante no supe cómo actuar. Fui insensible contigo.

Roberto: Estuviste bien, yo fui insensible.

María: (Sonriendo) ¡Ok! Entonces ambos lo fuimos.

Roberto: Ahora entiendo mejor tu pasión por las misiones y los mártires. ¿No te confundes en vivir dos vidas? Vives una vida con comodidades y luego en otro mundo de escasez.

María: Sé cómo te debes de sentir. Yo no analizo mucho mi vida y me enfoco en vivir el presente. Cuando estoy en la comodidad de mi casa, no me castigo ni me privo por los pobres. Sé que hay millones sufriendo, pero ese mismo conocimiento me impulsa a disfrutar la vida que Dios me está ofreciendo. Sería irresponsable si desperdicio sus bendiciones. Eso no ayudaría a nadie. *Es mi obligación el ser feliz, sonreír, gozar y aprovechar el presente. Sé que soy dichosa y amada por Dios. No me culpo por mis bendiciones. Las bendiciones traen gozo y no tristeza. Confío en Dios y sé que todo en la vida tiene un propósito. No es que piense que está bien que haya personas que sufren, ni que eso es lo que Dios desea ver. No me atrevo a analizar a Dios.*

Antonio y otros Ángeles

Solo te puedo decir lo que he visto y el que haya personas pasando necesidades es lo que me ha motivado a mí y a otros a que seamos mejores seres humanos, en desear servir y en buscar de Dios. ***Muchas veces, las dificultades son las que nos sensibilizan y algunas pruebas nos hacen crecer.***

Roberto: Lo describes todo tan sencillo, pero es triste el ver cómo viven estas personas, en especial los niños.

María: Sé que es doloroso en especial en los primeros viajes misioneros. Lo importante es vivir el presente. Cuando estoy acá, sufro y hasta lloro si es necesario. Cuando estoy en mi hogar, me dedico a orar por todos. Vivo, canto, y gozo.

Roberto: Así mismo lo veo, como si estuviéramos en otro mundo. Todo acá es muy diferente.

María: ¡Así es! Personalmente hay muchas cosas de acá que me gustan. No hay apariencias ni pulseras.

Roberto: ¡Es cierto! Debes sentirte libre.

María: Sí, pero de todas formas somos tratados distintos. No hace falta pulsera para que sepan que somos distintos. Acá el discrimen es peor. Te atacan por ser creyente en Dios, por ser extranjeros, y por ayudar a nuestros hermanos.

Roberto: ¡Sí! Acá somos todos iguales. Eso me agrada; ser de tu mismo bando.

María: (Miradas fija) Si, acá somos como iguales. ¡Se siente bien!

Roberto: Seria perfecto si siempre fuera así. Que fuéramos iguales. ¡Sería más sencillo!

María: (Sabiendo a lo que se refería) **La vida es sencilla, nosotros somos los que nos complicamos. Para mi todos somos hermanos. Todos somos iguales. Las etiquetas que supuestamente nos diferencian las imponen los humanos, no Dios.**

Roberto: Lo dices como si fuera así de fácil.

María: ¡Lo es! **Tú eliges como vivir tu vida. Tú eliges cómo sentirte. No tienes que preocuparte por lo que piensan los demás.** (Se para y con brillo en sus ojos, abre los brazos mirando al cielo y grita) **Vive tu vida con pasión sin que nadie te limite.**

Roberto: ¡Eres increíble! Te vives todo lo que dices.

María: Tú también puedes hacerlo si te liberas.

Ella le agarró las manos pidiéndole que se parara mirando hacia el lago. Luego le pidió que cerrara los ojos, tratando de experimentar una alegría inmensa. Ella pone una piedra en frente de él y le toma las manos extendiéndole los brazos. Le susurra: "Imagínate lo que desees, haz que tu cuerpo lo sienta y lograrás sentirlo real".

Antonio y otros Ángeles

Él se quedaba callado y quieto, así que ella prosiguió. Imagínate a un niñito recibiendo un regalo deseado, mira su carita, siente esa alegría. Imagínalo soplando las velas del bizcocho en su cumpleaños. En eso Roberto comienza a mostrar una sonrisa en su rostro. Ella prosiguió: "Imagina que metió la mano en el bizcocho y se llenó la cara de pastel y todos ríen felices". Roberto hace mueca de que no le gusta la idea de ensuciarse. María ríe y continúa. "Imagina la alegría de un deportista cruzando la meta en primer lugar. La mirada de una novia cuando escucha el sí de su pareja en la boda frente al altar". Ya Roberto estaba sonriendo y de repente abre sus ojos. María también sonreía, pero muy pegada susurrándole. Al él abrir sus ojos encuentra la radiante mirada de María. El semblante y la sonrisa de ambos fue cambiando a una mirada de amor. Causando que Roberto le diera un beso apasionado. La reacción de María fue el retractarse, así que él le suelta las manos, pero ella se desbalancea de encima de la piedra, así que él la toma por la cintura para ayudarla. Ahí vuelven a cruzar sus miradas en silencio. Él se le acerca lentamente y ella le devuelve el beso dejándose llevar. Era el primer beso de ambos, y fue perfecto. Luego de unos cuantos besos María se despegó.

María: (Indecisa y nerviosa) No creo que sea buena idea. Tú y yo somos muy distintos. Además, yo pienso que Dios te puso en mi camino para que te acerque a él. No creo que seas el hombre para mí.

Esta última oración ofendió a Roberto. Él era el que siempre había decidido quien no era buena para él y es la primera vez que una mujer le rechazaba.

Esto le provocó una mezcla de sentimientos. Entre tristeza, coraje, y vergüenza. Por lo que se puso a la defensiva.

Roberto: ¿Qué no soy el hombre para ti? ¿Quieres decir que soy poco para ti?

María: ¡Cálmate! No es lo que quise decir

Roberto: Aquí la imperfecta eres tú. ¡Yo soy perfecto! No necesito que trates de ayudarme en nada. No tienes que ser una misionera conmigo.

María: ¿Imperfecta? Tú sabías que yo era imperfecta y quisiste conocerme de todos modos, así que no creo que yo sea tan imperfecta.

Roberto: Tú me interesaste porque pensé que eras perfecta como yo. Creía que eras una perfecta profesional. Investigué a varias mujeres buscando mi mujer perfecta. Yo te investigué, averigüé todo sobre ti y pensé que eras una poderosa inversionista. No imaginé que me había equivocado y tras de imperfecta, eres misionera.

María: (Con voz baja y ojos llorosos) Sí eso soy, una imperfecta y MISIONERAAA. No veo eso como cualidades negativas, sino como motivo de orgullo. No encontrarás a una mujer perfecta. Solamente hay personas compatibles entre sí. Ninguno que lleva esa pulsera es perfecto, solo son más saludables. ¡No eres perfecto! Busca primero tus defectos para que luego andes analizando a los demás como un científico loco. Analiza tu vida y el por qué crees que mereces a una mujer perfecta.

(Roberto en silencio reacciona al verla llorosa y se da cuenta del error al hablar demás. Arrepentido decide no hablar y dejarla desahogarse).

María: Si eso es lo que necesitas, que te vaya bien con tu vida de apariencias. Si buscas perfección, solamente con un milagro la encontrarás, pero no la diversión. Estos pobres no tienen ni estudios, pero pueden ser muy divertidos. La perfección no es vida. Muchos mueren jóvenes, pero saben lo que es vivir, mejor que cualquier perfecto. La perfección no es amor. Ellos no tienen una vida perfecta, pero la aman más que muchos que sí la tienen. Algunos supuestos perfectos son como *zombies* que solo sobreviven sin propósito. No tendrán enfermedades congénitas, pero son peores, porque viven con miedo a las apariencias. Prefiero una enfermedad a ser una cobarde.

En silencio se miraron fijo a los ojos como si fuera una despedida de lo que pudo ser. Roberto estaba mudo. Sabía que no debía decir nada, ni siquiera una disculpa porque había herido demasiado a María. Ella estaba furiosamente destruida. Así en silencio recogieron todo y se regresaron a la provincia. Por el resto del día no se miraron. María se quedó en la casa y no quiso compartir con los niños con la excusa de que estaba muy cansada. Roberto caminó por primera vez por el bosque. Noel sabía que algo andaba mal y era necesario corregirse ya que a la mañana siguiente era la última misión y la más peligrosa.

Noel: ¿Te sientes bien?

María: Tú me conoces bien así que lo que se ve no se pregunta.

Noel: Es que eres fácil de leer y sé que no estás bien y sé que tiene que ver con Roberto.

María: No creo.

Noel: No hay que ser un sabio para darse cuenta. Creo que hasta los niños lo han notado.

María: Solo te diré que discutimos y que somos muy diferentes.

Noel: No son tan diferentes. **Solamente debes saber de ti. Uno nunca sabe bien sobre las otras personas, su infancia, su vida. No es bueno asumir.**

María: (Pensativa porque una vez más Noel había usado palabras de ella para aconsejarla) (Ella se preguntaba en silencio, ¿Cómo es que él me conoce tan bien?) No sabré de su infancia, pero sí del presente y ahora es que somos muy distintos.

Noel: Vuelvo y te digo que no son tan diferentes. ¿Conoces por lo menos la infancia de Roberto?

María: No.

Antonio y otros Ángeles

Noel: Pues te diré que no son tan diferentes porque su genética no fue cambiada. El debería llevar pulsera de imperfecto.

María: ¿Qué? (histérica y aún más molesta)

Noel: Déjame contarte todo primero para que entiendas. Los padres de Roberto eran muy enfermizos. A ellos no les interesaba mucho la idea de niños perfectos, pero deseaban lo mejor para su hijo. No querían que su bebé sufriera ninguna de las enfermedades que ellos padecían así que decidieron hacerlo. El punto es que cuando fueron al laboratorio pidieron que no tocaran nada de su apariencia, solo deseaban que no padeciera enfermedades. El especialista se dio cuenta de que el feto no tenía ninguna de las enfermedades así que no le tocó nada. De todos modos, fue reconocido como un niño perfecto porque era tal como lo querían sus padres. Pasó por todo el proceso legal, pero si lo analizas bien, él es exactamente como Dios lo creó, nada fue alterado.

María: Nunca me dijo nada.

Noel: Él tuvo una infancia difícil, sus padres eran pobres y se la pasaban hospitalizados o enfermos. Fueron padres amorosos. pero no tenían la energía para jugar con su único hijo. Él se la pasaba solo y su pasatiempo era leer. El primero que murió fue su padre cuando solo tenía siete añitos. Su niñez giró en cuidar de su madre ya que siempre estaba al pendiente de ella.

La mamá lo obligó a madurar muy temprano, pero lo hizo por su bien. Ella deseaba que él fuera independiente, profesional y adinerado, para que no sufriera la misma vida que ella. Tanto fue así que los últimos años de vida de su madre, ella lo envió lejos a vivir con la familia de una amiga para protegerlo del sufrimiento. Sin darse cuenta lo empujó a un mundo egocéntrico. Cuando él la llamaba lloroso suplicando que la extrañaba y que quería regresar, ella le reclamaba que debía estudiar y prepararse. Le exigía que no se preocupara por ella y que se enfocara en él. Le llenaba la cabeza con detalles de cómo era el hombre en el que ella quería que se convirtiera y del tipo de vida que debía lograr. Lo hizo con buena intención, pero ya ves los resultados. Se convirtió en un hombre frío, inmune al sufrimiento y por consiguiente a los sentimientos. Su madre murió cuando apenas tenía catorce años. No lo subestimes. ¡Solo hay que darle tiempo!

María: ¡Estoy muda! No sé ni qué pensar. Me apena todo lo que Roberto sufrió y el que perdió a sus padres igual que yo. Lo comparo con mi infancia que fue tan bendecida y feliz.

Noel: Quizás lo primero que te viene a la mente cuando piensas en tus padres es la palabra misionero y quizás a Roberto lo primero que le viene a la mente es imperfectos enfermos.

María: Ahora entiendo algunas cosas, pero aún pienso que es un investigador *psycho*.

Antonio y otros Ángeles

Noel: ¡Buena combinación! Un analítico *psycho* y una terrorista extremista. Acepto que no fue muy buena idea de la forma en que él manejó su situación con investigaciones exageradas. Pero, sí le doy crédito por tratar de mejorar su vida. El deseaba un cambio en su vida y tomó acción de la mejor manera que supo hacerlo. Hay personas como tú, que saben que les gustaría un tipo de cambio en su vida, pero no hacen nada al respecto. Sé que estás enfocada en otras investigaciones, pero quizás son excusas para distraerte. Te has conformado con la excusa de que no conseguirás pareja y punto.

Hubo un corto silencio entre ellos

Noel: Necesito que analices lo que te dije. Reconoce que debemos aceptar a todos tal y como son y que mañana actúen como si nada ha pasado porque la vida de ambos correrá peligro. Sabes que los han puesto en evidencia. Pudieron engañar a Raúl, pero no sé cómo se comporte cuando los vuelva a ver en el área.

Luego de hablar un poco más por un corto tiempo, Noel se retiró y disimuladamente se fue al bosque en busca de Roberto.

Noel: Es la primera vez que te veo por este bosque. Parece que se han invertido los papeles. Cuando compartes mucho con alguien, se te pega lo bueno.

Roberto le sonríe, pero continúa en silencio contemplando la naturaleza.

Noel: Imagino que nunca en tu vida habías visto tanto verde.

Roberto: No. Esta hermosa naturaleza se compara un poco con María. Me he dado cuenta que ella es simple y tiene muchas cualidades bonitas. Se asemeja a la naturaleza porque ella se deja admirar tal cual como ella es.

Noel: ¡Muy cierto! Lo que ves en ella, eso es lo que ella es. Si está triste, lo sabes porque a ella no le interesa aparentar lo que no es. Ahora mismo está muy triste y es raro en ella.

Roberto: No fue mi intención herirla. Ella es muy distinta a otras mujeres que he conocido y me confunde. A veces siento que no sé lo que ella quiere.

Noel: No te debes complicar tanto en tratar de entenderla. Solamente entiende que ella no vive de apariencias. Ella es transparente. Para ella la vida es demasiado de valiosa como para perder el tiempo con cuentos. Si deseas saber algo, pregúntale y sé directo.

Roberto: No creo que deba hablarle por ahora.

Noel: ¡Te diré algo! Cuando se tiene una situación con una mujer, casi todas quieren que se les hable del tema rápido. Mientras más esperes, muestra que menos te importa. Además, porque mañana es el último viaje y el más peligroso. Deben actuar mejor que nunca.

Roberto: Le confesé algo que lo cambió todo. (Respirando profundo) Creo que estoy enamorado de María.

Noel: No lo analices tanto, no lo creas. Claro que estás enamorado, hasta yo lo sabía antes que tú. Quizás esa confusión es la que le proyectas a María y es el reflejo que recibes. ¡No te compliques la vida! María no limita sus sentimientos. Como le dijiste: Ama muchas cosas y tú eres uno de esos amores. Ella sabe que te ama. Además, te recomiendo que hables con ella porque hay algo que ella debe confesarte a ti y no se ha atrevido. Debes escucharla, controla tu temperamento y déjala hablar. Eres analítico y querrás hacerle miles de preguntas, pero te pido que la dejes hablar y no la interrumpas.

Roberto en silencio tratando de descifrar qué será eso tan importante que María va a confesarle.
.
Noel: Me retiro pero te pido que te relajes. ¡Vive el presente! ¡Déjate llevar! Escucha tu corazón.

Más tarde, María se encontraba sentada orando sobre su caucho en la esquina de la sala (En su cuarto temporero). Al escuchar su nombre y alzar la mirada se encontró con una estampa que nunca olvidaría. Roberto estaba parado bajo el marco de la puerta permitiendo que unos pocos rayos de sol deslumbraran marcando su silueta y resaltando el marrón de su cabello. El verde de sus ojos se combinaba con el follaje de un ramo de flores silvestres que recogió para María.

Ella quedó estupefacta.

Roberto: Me has enseñado a admirar la naturaleza e indirectamente a admirarte a ti. La versatilidad de tus hermosas cualidades se asemeja a estas lindas flores, pero tú eres mucho más bella.

María con lágrimas en los ojos mientras él se va arrodillando frente a ella y entregándole las flores. Ella nunca había recibido flores. Ni siquiera había tenido novio o admirador. Estaba experimentando un suceso que no había tenido el derecho ni de soñar.

Roberto: Te pido que me perdones y le restemos importancia al pasado. Quiero aprender a vivir el presente. ¡Eres tan sencilla! En ti no hay nada artificial. Eres la naturaleza personificada. Tu pelo libre, tu sonrisa a flor de labios siempre contenta, tus gestos y como usas tus manos libremente al hablar son como ramas en el bosque. ¡Eres perfecta!

A María se le escaparon unas pocas lágrimas de alegría.

Roberto: Te pido que...

María: (Sonriendo lo interrumpe) Vivir el presente me suena bien. Podemos conocernos mejor y que todo fluya. ¿Te parece bien?

Roberto: ¡Más que bien! No lo podía decir mejor. ¡Eso deseo! Para comenzar a conocernos mejor, ¿hay algo más que debemos confesarnos?

Antonio y otros Ángeles

María: Yo sí tengo algo que confesarte, pero tú primero. ¿Tienes algo que decir?

Roberto: ¡No! Creo que dije todo y hasta hablé de más. Te escucho y prometo que no te interrumpiré.

María: Pues es difícil para mí. ¡No sé cómo empezar! Te he ocultado algo igual o peor que lo que tú me ocultaste. Lo que me hirió fue más lo de misionera que lo de la investigación, porque lo mío es peor. Verás, yo sabía que me estabas investigando porque yo te estuve investigando a ti antes que tú a mí. Aclaro que no investigué tu vida privada como tú hiciste conmigo y con las otras mujeres, pero sí te seguí. (Roberto asombrado con miles de preguntas, pero había prometido a Noel el no interrumpirla).

Yo no tengo vida social como los perfectos, así que me he dedicado mucho a observar. En mis caminatas descubrí unos patrones y aprendí a descifrarlos. Por esta razón, mi tiempo libre lo he dedicado en investigar al gobierno. ¡No quiero que te asustes con lo que te diré! Si deseas, te mostraré todo cuando lleguemos a mi casa donde tengo un cuarto repleto de tablas, reportes, y evidencias. Luego que te explique todo te suplico que no me juzgues ni intervengas, si llegaras a pensar que es una locura. Necesito que me lo prometas.

Roberto: (súper confundido pero intrigado) ¡Te lo prometo!

María: Al darme cuenta de la secuencia de

matrimonios ya podía predecir cuales serían los matrimonios de los políticos, famosos, o personas de poder. Al principio pensé que las pegaba, pero luego supe que algo pasaba. La malicia con la que me criaron mis padres al exponerme a un mundo peligroso me enseñó a observar, analizar y que cuando tienes una mala espina, pues investiga, porque casi siempre cuando el río suena es porque agua trae. (Ella dijo ese refrán antiguo para distraer y relajar a Roberto porque sabía que esos refranes desconocidos lo ponían a pensar).

Comencé a investigar a los que pensaba que eran los próximos solteros codiciados, varones y mujeres. Debido a cómo se movían las finanzas de ellos deduje y al ver que fueron surgiendo, pues entendí que el gobierno nos está manipulando para mantener un balance. La filosofía de la aburrida vida balanceada ahora era la injusta ciudadanía balanceada. Puede que suene lógico y quizás hasta justo. ¿Qué tal si te doy evidencia de que los familiares de los últimos gobernantes son ahora personas de poder por "casualmente" ser compatibles con millonarios?

Gracias a que ya no hay policías humanos, porque no hay criminalidad, pues se me hizo fácil ponerles cámaras a algunos robots policías. ¡Súper fácil! Sabes que cuando a un perfecto se le cae algo al piso, el robot de seguridad rápido va y se lo recoge, pues he hecho a personas tropezar para que se les caigan cosas y al robot venir, pues les pego un dispositivo con el que puedo ver todo lo que su cámara ve.

He investigado grabaciones y no hay evidencia alguna sobre mí. Esos dispositivos me han dado acceso a sistemas de seguridad y he tenido el privilegio de poder borrar escritos míos que el gobierno tenía en mi archivo.

También me he quitado de la lista de terroristas cristianos y a algunos amigos. Me gustaría borrarlos a todos, pero no me puedo arriesgar a ser muy obvia. Los robots saben cuándo alguien es perfecto o no. Quizás no lo sabías, pero es injusto que solo recogen objetos a perfectos. Creo que lo hacen para evitar que los imperfectos se acerquen. No solo son seguridad, sino que investigan a los perfectos, tablas de preferencias, gráficas de lo que más compran y cosas parecidas con las que reconocen las preferencias. Tú te habías dado cuenta que los robots te vigilaban y hasta que graban conversaciones. El día que hablabas de tu plan yo borré esa conversación y todo lo relacionado, así que no hay evidencia. También sabías que el sistema tiene algún tipo de truco porque reconocían que no serías compatible con alguna mujer de Marte. Cuando dijiste esa a Martín supe que eras el indicado para ayudarme y que entenderías ya que te habías dado cuenta.

Volviendo a los robots, lo peor es que ellos también vigilan a los imperfectos que frecuentan algunas áreas indebidas o si están gustándole a algún perfecto poderoso, así que el gobierno lo manipula todo moviéndolo de empleo o cosas parecidas.

Mi gran temor es que algún día decidan terminar con los imperfectos y los cristianos, que esos robots sean los que nos persigan y nos liquiden. Tal como me contaba mi abuela; que al fin de los tiempos seremos perseguidos y no creo que sea algo tan drástico como para que los hombres lo noten. El diablo es listo y poco a poco ha ido manipulando todo de una forma hermosa y "perfecta". Quizás esta pulsera sea la señal del anticristo. No anhelo esa pulsera de perfectos, pero siento que mi deber es hacer algo al respecto y le he pedido a Dios que me envíe ayuda porque sé que sola no podré.

(María tomando un profundo suspiro prosigue).

Pues lo que te tengo que confesar es que me puse a investigar el salón del FBI de Compatibilidad Matrimonial. A diario revisaba por cámaras para descubrir quién es el responsable de manipular los reportes y te noté rondando el área, así que estuve pendiente de ti hasta que una tarde veo que tú entraste sin los directores y no tuviste ningún problema. Cuando vi que tenías acceso te seguí por las cámaras y descubrí que trabajabas en el mismo edificio.

Pensé que podrías ser ese aliado que tanto le pedía a Dios. Alguien con quien consultar todo. Ahí me di cuenta que yo salía en tu listado. Yo pensé que no te dio tiempo a imprimir mi información financiera, ni lo que imprimiste de algunas de ellas. Vi que me pusiste en un *file* aparte así que imprimí todo como hiciste con algunas y en el café cuando te tumbé los papeles, en realidad añadí mi archivo.

Ahora entiendo que me descartaste por ser imperfecta y no fue por falta de tiempo. Ahora comprendo que en ese archivo solo tenías a las perfectas y por tal pensabas que yo lo era. Yo pensé que al investigarme descubriste que era imperfecta y que de todos modos deseabas conocerme. Tuve mis dudas y hasta pensé que no te interesaba saber si lo era o no porque no me preguntaste o porque ya lo habías investigado.

No se me ocurrió pensar que el archivo era solo de perfectas, así que te pido disculpas. Mi intención no era engañarte o que creyeras que yo era perfecta. Mi intención al principio fue el que me conocieras y me vieras como una posibilidad de amiga. No pensé que llegara a interesarte como pareja porque siempre estuve clara de que nunca tendría novio y mucho menos la posibilidad de casarme. Lo que vi en ti fue un posible aliado. Luego lo pensé imposible cuando te veía a diario por cámaras. Vi cómo te comportabas en el trabajo con tus compañeros.

Me atrajo lo solitario que te veías en el café y me sentí reflejada; con la diferencia de que te veías vacío mientras yo tengo a Dios. Sabía que irías a verme al café porque se lo comentaste a Martín en tu trabajo. Por cierto, te dejo saber, que por lo poco que he visto de Martín, es un amigo increíble y me cae súper bien. Luego de ese día, continué observándote mientras me observabas a mí. ¡Fue muy divertido! Pero te aseguro que no estuviste en mi plan, solo le pedí a Dios un aliado y te vi como una señal a mis pedidos. Aunque no estaba muy segura decidí darme la oportunidad. Te confieso que desde el principio te encontré muy apuesto, pero sin olvidar que eras inaccesible para mí.

María hizo silencio, una pausa para leer el rostro de Roberto el cual estaba como ido en otro mundo, tratando de procesar toda esa historia. María estaba nerviosa por lo culpable que se sentía, pero a la misma vez un poco más tranquila por haberse confesado. Sentía que soltaba un bulto pesado y al fin había hablado con alguien al respecto. Ya indirectamente Roberto era su aliado. Si no aceptaba, pues por lo menos tenía alguien con quien desahogarse.

María: Me molesta que antes, mucho tiempo atrás, la sociedad se quejara de los matrimonios arreglados por beneficio de los padres o familiares. Pensaban que era injusto, y ahora es peor porque es arreglado por una computadora y lo aceptan. Ignorantes que no se dan cuanta que es el gobierno para manipular que nadie sea más poderoso que ellos.

Antes se divorciaban pensando que se habían equivocado y ahora aguantan porque las computadoras no se equivocan. A ti te salieron varias muchachas en tu listado porque nadie ha manipulado tu información.

Antonio y otros Ángeles

Eso también fue una evidencia para mí, porque ha habido rebeldes solteros millonarios a los que han mostrado que solo cierta muchacha es compatible, indirectamente obligándolo a que se case antes de que pierda la única mujer con la que puede ser feliz.

María hizo otra pausa.

María: Gracias por dejarme desahogarme. No sabes el alivio que siento al poder al fin decirle a alguien unos detalles de lo que he descubierto. Hay otras cosas que he averiguado, pero primero quiero saber ¿qué piensas?

Roberto: Vuelvo y te digo que hablas demasiado de rápido y me has dicho demasiadas cosas en muy poco tiempo. Pienso que ha sido demasiado y no lo he procesado. Estoy experimentando demasiados sentimientos a la vez, molestia, confusión, intriga, admiración... No puedo creer que tú me vigilabas. Creo que lo que dices tiene algo de lógica, pero también suena como locura.

María se sintió un poco ofendida porque no era lo que ella esperaba, pero de veras que no sabía qué esperar. Ni siquiera pensó posible el tener a alguien a quien compartirle todo. En el fondo se sentía feliz.

María: ¡Sé que es mucho! Analízalo todo y no volvamos a hablar de esto hasta llegar a casa y te hable con evidencias. Pero por favor dame la oportunidad de mostrarte mi investigación.

Decidieron dejarlo ahí y comenzaron a coordinar todo para la mañana siguiente. En eso llega Noel para decirles que los planes habían cambiado. Para evitar que surja algún inconveniente, pues decidieron que María y Roberto irían al aeropuerto a entregar la camioneta alquilada, sacar una nueva camioneta con otra compañía y luego terminarían su misión ya que se montarían en el avión de regreso.

Decidieron cambiar la compañía de autos ya que aparentemente es de ahí el que los delataba. Noel les dijo que ya tenían todo coordinado para que esta vez sea él quien firme por la nueva camioneta y Federico se encargará de entregar la mercancía y devolver las llaves de la camioneta en el buzón de *express drop off*.

Noel les dijo que Federico estaría al pendiente de ellos y se encargaría de la entrega por la noche. A María y a Roberto les pareció bien el plan, aunque les tomó por sorpresa el poco tiempo que les quedaba para vivir el presente. No solo le cortaron los días que necesitaban para discernir sentimientos, sino que ya debían despedirse de sus nuevos amigos.

Al terminar de diseñar su plan, se empaparon de información turística y otros detalles. Oraron juntos por la última misión que les esperaba y la más peligrosa porque ya sabían que los estaban buscando por haber sido delatados. Luego de un lindo compartir entre risas y lágrimas regalaron de su ropa y pertenencias.

Antonio y otros Ángeles

Toda la mañana fluyó de maravillas, rieron y cantaron por el camino como ya se habían acostumbrado. Pero mientras más se acercaban al aeropuerto, más nerviosos se sentían. Para su sorpresa no se toparon con inconvenientes ni vieron a ninguno de los contrabandistas.

Fueron directo al alquiler de autos de la nueva reservación donde Roberto firmó todo y continuaron a la otra compañía de autos. Iban más tranquilos porque pudieron completar su misión. En el pasillo, ya llegando, pudieron ver a Raúl desde lejos. Cuando ya estaban cerca, vieron a otros más. Ambos confiados y agarrados de manos se dirigieron al *counter*. Allí María les informó que devolvía la camioneta. El empleado, uno aparentemente nuevo, les pregunta que, si tenía algún desperfecto y deseaban cambiarla, como habían hecho en días pasados. Era obvio que eso era lo que ellos esperaban.

María: ¡No! Lo que deseamos es devolverla porque nos surgió una emergencia familiar y nos vamos antes de tiempo. Así que culminaron nuestras vacaciones.

Roberto: ¡De vuelta a la realidad! (Con semblante triste mientras la besa en la cabeza).

Arturo: (El empleado) ¡No entiendo! ¿Están seguros que desean cancelar los otros días?

Roberto: ¡Sí, ya nos escuchó! Y si eso es todo, nos

retiramos porque no deseamos perder nuestro vuelo.

María: Ya tienen mi tarjeta en el sistema, pueden cobrar la penalidad. ¡Gracias!

Ambos se retiraron caminando hacia el terminal de salidas. Se notó las miradas de los contrabandistas, extrañados al ver que les habían cambiado el plan.

Ambos se sentían un poco más tranquilos ya cuando estaban en la fila para entrar al terminal, pero en eso se acercó un guardia para sacarlos. Ellos sabían que no era una buena señal, porque la policía trabajaba con los contrabandistas. Se los llevaron para un cuarto de interrogatorios.

Ambos actuaban extrañados y haciendo preguntas. Estaban nerviosos, pero actuaron bien. Sabían que estaban en peligro, pero contestaron muy bien todas las preguntas. Luego de algunos minutos entró Raúl por una segunda puerta, acompañado de tres hombres armados.

Roberto: Bueno, ya hemos contestado todo y no deseamos perder nuestro vuelo. Tenemos una emergencia familiar por la que hemos cortado nuestras vacaciones. ¡Debemos llegar a casa lo antes posible!

Raúl: He estado escuchando su historia, pero tengo mis dudas. Cojan sus maletitas y vamos a mi área de interrogatorios.

Antonio y otros Ángeles

(Los hombres comenzaron a reírse maliciosamente).

Se los llevaron por la puerta trasera hacia el estacionamiento de empleados donde Raúl abrió un portón hacia el bosque. Luego de caminar varios metros monte adentro, María se quejó de que ya no podía seguir.

María: ¡Ok! Creo que ya es suficiente. Si lo que desean es dinero, pues quédense con la ropa, prendas, maletas y mi cartera. Tomen lo que deseen, pero no queremos perder el vuelo.

Raúl: (Acercándosele) Eres muy valiente

María: Al venir a este país sabía que sería un lugar hermoso para vacaciones, pero también sabía que me toparía con ladrones como ustedes. Estaba preparada mentalmente para algo así.

Roberto: (Acerca a María a él tomándola por la mano) No veo el motivo por el que debemos seguir caminando. Si nos van a robar, tomen todo y ya déjenos tomar el vuelo. No los reportaremos si logramos irnos.

Raúl: (Riendo) ¿Me estas amenazando?

Roberto: No es amenaza, es la lógica. Si nos vamos en el vuelo, es obvio que no tendremos tiempo de reportarlos.

Raúl: (Dirigiéndose a sus compañeros) Creo que sí

nos equivocamos con estos. Mira a este Ken. Tan derechito y come mierda. No puede ser un misionero. Ni sabe con quién está hablando.

Roberto: (Aprovechándose de lo que piensan de él) Come mierda no, me alimento muy bien para cuidar mi cuerpo.

Raúl: (Quitándole la maleta) Vamos a ver que tienes en esa maleta.

Roberto: ¡Si, vamos al grano! Me queda poca ropa porque regalé bastante a unos jovencitos que conocimos. Vestían súper mal y yo tengo ropa demás en mi hogar. Queda poca ropa, pero vale mucho, toda es de marcas originales. Esa camisa blanca es de colección limitada de diseñador. Inclusive la maleta vale bastante dinero.

Raúl: No busco lo que robaré. Busco evidencia para comprobar que no son simples turistas.

Raúl hizo ese comentario para asustarlos porque hasta su semblante mostraba que dudaba que fueran misioneros.

Raúl: No te negaré que tienes buen gusto para la ropa. ¿Y tú muchachita? Vamos a ver que tienes aquí.

María: Yo igual, regalé bastante ropa.

Raúl: (Miró por encima y vio pocas mudas) ¿Por qué razón tu maleta y ropa no son de tanto valor como la de tu supuesto esposo?

Antonio y otros Ángeles

Raúl se paró molesto y volvió a dudar de ellos, aunque reconocía que no era prueba suficiente.

María: Somos casados, no hermanos gemelos. Yo fui criada de forma diferente.

Roberto: Llevamos muy poco de casados. Ha mejorado un poco porque créame que se vestía peor. Uno no cambia de un día para otro.

María: Te enamoraste de mí vistiendo esa ropa "peor" como le dices. ¡No te quejes! (Cambiando la mirada a Raúl) Le doy este teléfono con cámara organigrama. ¡Es el último modelo!

María presionó para que se vieran las fotos de ellos. Raúl rápido se lo quitó para buscar alguna evidencia, pero solo encontró fotos de ellos besándose y posando juntos. En eso Raúl se fija en la sortija de María.

María: Se puede llevar todo menos esta sortija.

Raúl: ¡Démela! Deseo verla.

Roberto: Es su sortija de compromiso. Tiene demasiado de valor sentimental. Ya tienen suficiente con lo demás.

En ese momento, otro de los hombres encontró la Biblia en la maleta de ella.

Raúl: Me van confirmando que no son turistas.

Roberto: (Molesto) Si no somos turistas, ¿qué somos? ¡Ya sé! Modistas clandestinos por regalar ropa. ¿Qué es lo que le pasa a usted? Tienen lo que desean. Déjenle la sortija a mi esposa y nos vamos.

Raúl: No tan sencillo. Quizás tú seas modista, pero sé que son también terroristas misioneros que vinieron a traer alimentos sin pagar impuestos y evadiendo el procedimiento legal.

Roberto: ¿Está usted loco? ¿Misioneros? Será misioneros de la moda porque lo que regalamos fue ropa. En estas maletas no cabe mucho.

Raúl: Y para dos maletitas necesitaban una camioneta.

Roberto: Ya les explicamos que era para dormir en ella en el campo. Para eso fue nuestro viaje, para disfrutar la naturaleza. No alquilamos ningún hotel. Guiamos por caminos que solo una camioneta podría pasar y dormimos en ella. Tal como vio en las fotos.

Raúl: (Dirigiéndose a María) ¿Eres misionera?

María: La Biblia solo prueba que soy cristiana.

Raúl: Para mí es casi lo mismo. No soporto a los misioneros ni a los cristianos, los odio.

María: El creer en Dios no es un delito en este país. Soy cristiana.

Antonio y otros Ángeles

Roberto: Ya le dijimos que no somos misioneros. Somos cristianos y ya. Tomen las cosas y déjenos ir.

Raúl se sentó a fumar mientras los observaba.

Roberto: (Ya desesperado) No hay mucho tiempo, piense rápido.

Raúl: Tú no me importas mucho y hasta me caes un poco bien. Pero ella me intriga, me da mala espina. (Mirándola mal)

Roberto: (Dirigiéndose a uno de los otros hombres) Busque en el bolsillo de enfrente. Tiene un zipper pequeño y ahí encontrará una pulsera de mucho valor.

Mientras el hombre buscaba, Raúl se dirigió a María.

Raúl: ¿Tú eres misionera, verdad?

María: Usted está mal de la cabeza. (con voz quebrantada) Deme mi sortija y mi Biblia.

Raúl: (Riendo) Arrodíllate ante mí y reniega de Dios.

A María le comenzaron a salir lágrimas porque esas palabras le recordaron la muerte de sus padres.

María: Usted está mal de la cabeza.

Raúl le dio una bofetada a María que la tiró al piso. Roberto sin pensarlo le dio un puño a Raúl, pero los otros hombres lo aguantaron.

Logró zafarse y darles unos buenos golpes a los otros hombres, pero forcejearon con él y lograron aguantarlo cuando lo amenazaron con matar a María mientras la apuntaban con un arma.

Raúl: Reniégalo (y le dio en la cabeza con el arma y comenzó a romper la biblia y a quemar algunas páginas)

María: (Ya en ese momento estaba llorando) gritando le dijo: ¡Estás loco!

Roberto: (Forcejeando con los hombres) ¡Déjela! No somos misioneros. El que no reniegue de Dios no significa que sea misionera. Solo demuestra que es cristiana. Esta es la pulsera que le quería mostrar. Es muy valiosa. Hay pocas en el mundo, pero sé que pronto se comercializarán. Marca tu nivel sanguíneo, el ritmo cardiaco y muchas cosas más. Además, es celular, cámara, computadora en organigrama y mucho más.

Raúl se le acerca y la toma para evaluarla mientras Roberto comienza a mostrarle cada aditivo.

Raúl: Nunca había visto algo así.

Roberto: Existen pocas, pero le aseguro que pronto saldrán al mercado.

Raúl: ¿Cómo es que usted tiene una?

Roberto: Nosotros no somos millonarios, pero nos

gusta cuidar nuestro cuerpo. Pagamos lo que sea para cuidar nuestra forma, los niveles de grasa y lo que comemos. Le aseguro que no somos misioneros, ni que haya un misionero tan materialista. Le confieso que no soy muy creyente, pero respeto las creencias de mi esposa.

Raúl pensativo mientras admiraba la pulsera.

Roberto: (Mirando con odio a Raúl) Se ve que eres un hombre listo y sabes muy bien que no soy un misionero. No me asemejo ni un poco a lo que esa palabra representa. Somos una pareja de turistas. ¡Decida ya lo que hará!

Raúl: ¡Vámonos! Gracias por todos sus regalos y buen viaje a su casa. Para que vean que no somos tan malos, les dejo sus billeteras con identificaciones. Solo me llevo lo de valor. (dirigiéndose a los otros hombres mientras reía burlonamente) Creo que estos no querrán volver para acá. Pendejos turistas con mala suerte. (Todos reían, tomaron todo y se marcharon.)

Roberto corrió hasta María la cual estaba en el piso sangrando por la herida que le hizo el revólver. Se bajó y la tomó entre sus brazos para analizarla.

Roberto: ¡Ya terminó todo! ¡Estamos a salvo! Mi amor...

María comenzó a llorar mientras lo abrazaba y se desmayó.

Roberto se quitó la camisa, la esgarró usando un pedazo para limpiar la herida. Con el otro pedazo le hizo un nudo en la cabeza para parar el sangrado. Al terminar le tomó el pulso el cual estaba estable. Continuó limpiándole su rostro mientras le salieron lágrimas al verla tan indefensa. A los pocos minutos llegó Federico quien estaba escondido entre los árboles.

Federico: Esto ha sido un milagro de Dios. Usted actuó muy bien y no perdió el control. Se ve que su fe en Dios es poderosa. Están vivos gracias a su confianza en el Señor. ¡Lo admiro!

Roberto: (Confuso ya que sabe que no fue su fe, sino su entrenamiento en el FBI. Quizás la fe de María) ¡Gracias!

Federico: Ya se han alejado. Estacioné mi camioneta en un pueblo al otro lado del monte. Ya perdieron su vuelo así que vámonos por acá y la llevamos a una amiga doctora.

Comenzaron a caminar en dirección contraria al aeropuerto. Mientras Roberto cargaba a María, admiraba la paz que su rostro reflejaba. Ya cuando se veía la avenida, Federico le dice a Roberto sobre su plan.

Federico: ¡Ya llegamos! Si ves a lo lejos, ahí está la avenida principal. Pero no puedes cruzarla con ella en tus brazos y así ensangrentada porque llamaríamos la atención. Yo iré a buscar la camioneta que está en el poblado cruzando la vía. Me estacionaré cerca y partiremos al hospital donde trabaja mi amiga.

Roberto: No. María se desmayó por causas emocionales. No hace falta el hospital. Podemos llegar a la provincia y allá que la atiendan.

Federico: ¿Estás seguro?

Roberto: No jugaría con la salud de María. Estoy más que seguro, tengo entrenamiento para estos casos.

Federico: ¡Ok! Nos veremos luego. Gracias por todo lo que han hecho por mi gente. (Se retiró)

Roberto: ¡Federico!

Federico: (Ya un poco retirado casi grita) Diga.

Roberto: ¡Vaya con Dios!

Federico: ¡Amén! Bendecidos sean.

Roberto sostuvo a María por unos largos minutos. La admiraba, la acariciaba con ternura y hasta se aprovechó y le dio un leve beso tocado en sus perfectos labios. Luego decidió soltarla y la acomodó en la grama. Se sentó en una roca y no paraba de admirarla mientras pensaba en la horrorosa escena cuando la golpearon y la humillaron por ser cristiana. De sus ojos volvieron a brotar unas pocas lágrimas.

Roberto no podía imaginar lo difícil que debió ser

para ella vivir una experiencia parecida cuando le mataron sus padres. Continuó sentado en la roca por varios minutos y no podía despegar su mirada de ella. Mientras más la admiraba, más bella la encontraba.

En cierto momento María abrió los ojos y él se le acercó para explicarle que Federico estaba de camino a buscarlos y que estaban a salvo. Luego le pidió que siguiera descansando. Ella continuó durmiendo. De vez en cuando abría sus ojos, pero no decía palabra alguna y volvía a descansar. Cuando llegó Federico le dijo a Roberto que los dejaría en el pueblo cercano al aeropuerto, en la casa que ya habían dormido. Allí los estaba esperando la doctora.

Roberto: Me parece muy bien.

Federico: No me parece bien que continúa tan dormida. Está como inconsciente.

Roberto: Es un mecanismo de defensa del cuerpo. Es muy fuerte lo que vivió y su cuerpo entró en shock. Es como cuando una persona sufre una lesión muy fuerte y el dolor es tanto que se desmaya. O cuando una persona está en depresión y duerme mucho porque el cuerpo la quiere sacar de su realidad. O porque piensa tanto que la mente se cansa y necesita descanso. Es algo inconsciente que hacemos.

Al llegar a la casa la acomodaron en el cuarto y allí la examinaron. Efectivamente se encontraba bien, solamente necesitaba que le cogieran unos puntos en la cabeza y que durmiera.

Antonio y otros Ángeles

Joshua: Perdona que te interrumpa con tu historia. ¿Qué es depresión?

Eugenia: Es un término médico para una condición mental que existía antes. En esos tiempos había personas con desórdenes hormonales o químicos y algunas sufrían esa condición. Era un sentimiento de tristeza profunda que les quitaba los ánimos de vivir o disfrutar. Algunas lloraban mucho o perdían el propósito de vida. También les daba a personas que sufrían demasiados problemas en sus vidas. Algunas bebían medicamentos adictivos que en muchos casos los empeoraban.

Volviendo a la historia. Cuando María despertó se encontraba sola en el cuarto. Se sentó mientras le salían lágrimas al recordar lo vivido. Recordó además, que Roberto la cargó y que lloró por ella. Reconoció que definitivamente había una relación de amor entre ellos. En eso entró Noel a la casa, saluda a todos y pide ver a María.

María: (secándose las lágrimas y sonriendo) ¡Hola Noel!

Noel: ¡Mi niña! ¿Te sientes bien?

Se abrazaron y en eso entra Roberto

Roberto: (Alegre) ¡Despertaste! ¿Cómo te sientes? ¿Estás bien?

María: (Con sonrisa tímida) Feliz de que estemos vivos.

Roberto: (Con ojos llorosos, la abraza) Así es.

María: Estamos vivos gracias ti y tus "comemierderias" ja,jaj,a… No puedo creer que la pulsera chota nos salvó la vida.

Roberto: (Riendo) Ya veo que estás bien. ¡Tú y tus chistecitos!

María: Ahora en serio, ¡Gracias! Definitivamente que Dios sabía por qué debías venir conmigo en esta misión.

Roberto: (Le dice bajito mientras la abraza nuevamente) No solo a salvarte sino a conocer de Dios y a conocerte mejor a ti. Hoy soy un hombre de fe gracias a ti y este viaje. Una nueva vida comienza para mí. ¡Gracias!

Noel: Vine a ver como estaban. Les estamos más que agradecidos. También vine a darles estos pasajes. Deben acostarse a descansar, en especial tú María, porque tienen un vuelo muy temprano. Deben madrugar porque saldrán de un aeropuerto muy pequeño que hay a unas horas de aquí. Ya sacamos toda la mercancía del otro aeropuerto así que no hay que volver.

Completaron una misión casi imposible. Eso muestra su entrega y responsabilidad.

Antonio y otros Ángeles

Dios pone grandes pruebas a grandes personas.

A veces Él mide la disposición y las actitudes en las pruebas. Me atrevo a decirles que han pasado una prueba grande así que prepárense para los cambios que habrá en sus vidas porque los planes de Dios traen siempre cambios. Se los digo a los dos Roberto, porque has pasado una prueba que era también para ti.

María: ¡Amén!

Noel: También vine para despedirme una vez más de mis grandes amigos. Fue un privilegio el compartir con ustedes y quería aprovechar hasta el último momento.

María estaba llorosa porque no sabía cómo despedirse de Noel. Le había tomado demasiado de cariño. Luego de intercambiar abrazos, compartieron un rato corto y se acostaron temprano. A la mañana siguiente partieron de regreso a casa. En el camino hablaron de diferentes temas, menos el del día anterior. Se sentían alegres, bromearon y la estaban pasando bien. Ya en el avión cuando estaban llegando María estaba callada.

Roberto: Son pocas las veces que te noto rara. Los perfectos son tan difíciles de adivinar con sus *poker faces*. Pero tú eres clara como un archivo abierto.

A ella se le escaparon unas lágrimas.

Roberto: ¿Estás bien?

María: Siempre que me voy de algún viaje misionero termino extrañando a alguien porque me encariño con alguna persona. Pero con Noel siento que esa conexión fue más fuerte.

Roberto: Te entiendo. Se hicieron buenos amigo y es un gran hombre.

María: Sí. Un buen amigo y, por ejemplo, la forma en que no se me despegó ayer.

Roberto: ¿Ayer, cuando?

María: Luego del incidente. Cuando él llegó y se quedó con nosotros en todo momento.

Roberto: Él no fue ayer. El que nos ayudó fue Federico.

María: Yo sé que Federico nos ayudó, pero Noel llegó antes que él y se quedó con nosotros.

Roberto: Noel nunca estuvo allí.

María: ¿De qué me hablas? ¿Qué te pasa? Sí estuvo allí. Mientras me cargabas, él me aguantaba de la mano. Cuando me soltaste él me tenía en sus brazos por todo ese tiempo y me hablaba de mis padres. Me dijo que él sabía la historia de ellos y los había conocido. Me contó de lo orgullosos que ellos estaban de mí. Me hizo recordar algunas anécdotas cómicas que ellos solían contar.

Antonio y otros Ángeles

Roberto: No sé de qué me estás hablando. Noel nunca estuvo allí. Quizás lo soñaste. No te molestes conmigo, pero te aseguro que él no estaba allí.

María: Fue real, si hasta cuando nos despedimos anoche me dijo que nunca olvidaría todo lo que me había contado de mis padres y que continuara por el camino que iba.

Roberto: (Confuso) ¡No! Yo creo que fue un sueño porque le cogiste mucho cariño por ser tu amigo. Tú puedes pensar lo que desees. Si deseas pensar que fue real, pues que lo sea para ti solamente. Por favor no hablemos más de Noel.

María: Suenas molesto. Tú también le tomaste mucho cariño y te hiciste buen amigo de él. Hasta le contaste cosas que a mí no me has contado.

Roberto: Le tomé cariño y admiración, pero no soy persona de tener muchos amigos y menos de contar mi vida. ¿A qué te refieres?

María: Tú sabes lo que le contaste de ti.

Roberto: Dime.

María: ¡Que no eres perfecto! Que cuando tus padres fueron a cambiar tus genes notaron que no tenías genes de enfermedades y a ellos no le interesaba cambiar tu físico. Si pasaron todos los procesos legales, pero no te tocaron. Al fin, que no te cambiaron y eres tal y como Dios te quiso.

Roberto: ¿Qué más sabes de mí?

María: Además me contó sobre las enfermedades de tus padres y tu dura infancia. Que creciste sin tus padres.

Roberto: (La interrumpió porque es un pasado que él siempre ha tratado de olvidar) ¡Nada más!

María: ¿Qué te pasa? No pensé que te molestara que Noel me lo contara.

Roberto: Que Noel te lo contara. Di la verdad, que me investigaste como yo a ti. Nadie sabe nada de mí, solo mi amigo Martin. ¡Nadie más!

María: (Confusa) Tú se lo contaste a Noel y él a mí.

Roberto: No le conté nada a nadie. No te creo.

María: ¿Por qué le interesaría a Noel el investigarte? Él no tenía tiempo ni interés de investigarte. Te conoció la noche antes de irnos así que no entiendo.

Roberto: Yo no te entiendo a ti. Yo por lo menos te confesé que te investigué. Tú en cambio me contaste solo parte de la verdad. Tú y Noel me investigaron y me lo niegas. Él te ayuda en tu plan contra el gobierno.

María: Noel no sabe nada de eso. No te estoy mintiendo. Tú me conoces. No te mentiría con algo así.

Roberto: Claro que lo sabe. Ahora entiendo por qué él me dijo que hablara contigo que tenías algo que contarme. ¡Dejémoslo ahí!

Antonio y otros Ángeles

María quedó pensativa sobre las conversaciones que tuvo con Noel. En eso el avión ya estaba aterrizando. Ambos aún en silencio cuando les dieron permiso a desabordar. Roberto se paró primero y furioso.

Roberto: No necesito que me lleves. Tomaré un taxi a mi casa y luego busco mi carro.

María se quedó sentada, confundida y dolida mientras lo vio irse del avión. Seguía aún tratando de procesar lo sucedido. Cuando ya todos habían salido del avión fue que decidió parase, pero hubiese preferido quedarse allí sentada. No tenía deseos ni de moverse. Antes de ir a su casa se dirigió primero a la iglesia.

Su costumbre era ir directo a darle gracias a Dios por su ayuda a completar cualquier misión. Esta vez, más que nunca, sabía que debía ser agradecida. Luego de orar y meditar por largas horas se dirigió a la oficina de misioneros para reportar que había llegado sana y para dar los detalles de la misión.

Al llegar, el líder le dijo que la había tratado de contactar en varias ocasiones y luego le pregunta qué le había pasado ya que tenía un ojo un poco morado y por los puntos en la frente.

Ella le dijo que acababa de llegar de la misión de Perú. Que tuvieron unas dificultades, pero que habían completado la misión. El líder le dijo extrañado que la misión fue cancelada y que para eso era que la había tratado de contactar. María no podía creer lo que acababa de escuchar. Trató de explicarle que la misión fue completada.

El líder le dijo que le daba alegría al saber que estaba con vida, pero esa misión nunca se concretó. Hacía apenas dos días que el señor encargado llamado Noel lo había visitado para cancelar la misión. Ella volvía y le daba más detalles, pero ambos continuaban sin entender. María optó por olvidar el tema y se dirigió a su casa aún más confundida.

Mientras tanto Roberto ya había llegado a su casa. Luego de encargar su batida favorita se dió un buen baño con jabones y sales aromáticas. Al terminar, su encargo ya había llegado. Se sentó en su comedor y prendió la vela que usualmente enciende cuando desea relajarse luego de un día difícil de trabajo. Dio una mirada a su apartamento, a su inmensa sala, sus lujosas cortinas y a sus muebles de piel. Miró hacia la vista de la ciudad desde sus paredes de cristales.

Una ciudad de edificios blancos, impecable como solía amar, pero ahora la notaba aburrida y fría. Volvió a dar una leve mirada a su apartamento igualmente impecable con todos los accesorios en cristal y hierro con colores blanco y gris. Se dio cuenta de que su rutina ya no tendría sentido. Que su hermoso y lujoso apartamento se sentía frío y solitario.

Todo se veía debidamente acomodado y perfecto, tal como era su vida antes de conocer a María.

Sabía que algo en él había cambiado. Mientras bebía, no dejaba de pensar en los niños hambrientos y mucho menos en María. Miró su larga mesa de comedor para grandes banquetes y le vino a la memoria la mesa del poblado donde todos comían felices. Era como si los viera a todos allí en su apartamento y vio a María sonriéndole.

También recordó cómo sonreía mientras cantaba en la camioneta y cuando jugaba con los niños. De pronto se dio cuenta de que estaba riendo en su apartamento como si ella estuviese presente, pero la realidad es que estaba solo. Pensó en llamar a Martín para reclamarle si le había contado a alguien sobre su secreto, pero no tenía ánimos para peleas luego de la despedida tan seca que le había dado a María. Sentía que lloraba por dentro, un sentimiento que hacía tiempo no experimentaba.

Como todo analítico, sentía rabia al no poder explicarse cómo María supo su secreto, pero esa molestia se estaba tornando en tristeza. Comenzó a sentirse culpable de lo mal que trató a María. En el fondo sabía que ella era incapaz de mentirle, pero no se sentiría tranquilo hasta saber el porqué de las cosas. Al día siguiente él se fue a trabajar. Sabía que el trabajo lo distraería y le serviría de terapia, aunque sabía que ella lo podría ver por las cámaras.

Martín: (Alegre) ¡Roberto! ¡Llegaste! ¿Por qué no me avisaste? Cuéntame.

Roberto: (Serio) No quiero hablar de eso ahora.

Martín: Ok. Ya la cagaste con María.

Roberto: Puede ser.

Martín: No te preocupes. Me acaban de contar que llegaron unos especialistas de la oficina central de

Marte y entre ellos una mujer hermosa y soltera. Es una mujer perfecta de Marte, tu sueño. Y lo mejor es que te quiere conocer porque conoce tu trayectoria.

Roberto: No estoy de humor para tus chistes.

Martín: No es broma.

En ese instante se acerca una mujer alta con postura de modelo, pelo lacio rubio y ojos claros.

Noelia: Al fin conoceré a Roberto Millán

Platicaron un poco y luego ella lo invita a almorzar esa tarde. Roberto se siente un poco incómodo, pero acepta la invitación. Fueron a su lugar favorito al cruzar la calle. Durante el almuerzo Roberto volvió a comprobar que veía las cosas desde una perspectiva diferente y que sus prioridades habían cambiado un poco.

Noelia no paraba de hablarle de porcientos, datos y gráficas que eran antes un banquete para sus antiguas conversaciones analíticas. Él miraba al robot de seguridad pensando que María lo podía ver.

Noelia: No parece que disfrutes la conversación. ¿Deseas hablar de ella?

Roberto: (Extrañado) Si disfruto lo que hablas. ¿A qué te refieres de ella?

Noelia: Quería corroborar si seguías siendo el mismo Roberto de antes o si ella cambió algo en ti.

Antonio y otros Ángeles

Roberto: No entiendo a qué se refiere.

Noelia: Antes te fijabas en una mujer por su físico, pero sí veo un cambio en ti. En Perú no había pulseras así que no existían diferencias.

Roberto: ¿Quién es usted?

Noelia: Tú sabes quién soy. Hemos hablado antes de ella. Es una mujer luchadora que guía una camioneta. ¿Dónde conocerás a una mujer que arriesgue su vida por otros? Ella es transparente, sencilla y tierna con los niños. Una vez te dije que en sus miradas notaba amor. ¿Aún no sabes quién soy?

Roberto: Tengo que volver al trabajo. Dejémoslo aquí.

Noelia: Por eso vine. **Eres tan analítico que cuando te topas con algo imposible de explicar, te quitas. Que fácil es decir dejémoslo aquí.** Una tarde me dijiste que María era como la naturaleza, simple. Sabes que ella no te mentía en el avión. Yo le conté sobre ti porque sabía que no lo harías, así que te hice un gran favor.

Roberto se iba a parar de la mesa, pero sintió que le halaron por la mano y al virar y mirar vio a Noel.

Noel: Te lo puse fácil, de Noel a Noelia. Siéntate por favor. (Roberto miraba todos lados sin comprender).

Noel: Nadie se dio cuenta de nada. Siempre pensando en los demás. ¡Cálmate!

Roberto: No entiendo nada. ¿Quién es usted?

Noel: Soy el ángel guardián de María.

Roberto: No es fácil de creer.

Noel le toma una mano a Roberto y este comienza a ver pedazos de pasado que Noel le desea mostrar. Lo primero que vio fue cuando María cambió su información en el expediente de las mujeres perfectas. Allí estaba Noel velándola. Vio como Noel la consolaba el día que él la dejó sola en el restaurante, cuando a consolaba por la muerte del niño, lo vio como Noel los velaba cuando estaban en la oficina de los maleantes en Perú y cuando ella estaba inconsciente en el bosque y Noel la estaba abrazando y hablándole.

Noel: Siempre estuve con ella. En los momentos más difíciles no estaba presente en cuerpo ya que ella me necesitaba como su ángel custodio. También tu ángel estuvo ayudando en todo momento, pero Dios me encomendó solamente a mí para trabajar con ustedes. Debí sacarlos de este mundo para que se dieran la oportunidad.

Roberto: ¿María sabe de ti?

Noel: Aun no, pero pronto lo sabrá. Dios ha permitido estas expresiones con ustedes porque necesita que trabajen juntos en una encomienda y necesita que su fe sea real. María tiene unas inquietudes que Dios ha puesto en su corazón. Debes comenzar por apoyarla con algunas cosas que ya ella te ha contado.

Antonio y otros Ángeles

Roberto: Es difícil procesar tanto.

Noel: Ya una vez te dije que no analices tanto las cosas, sino que vivas el presente y te dejes llevar. Ahora te lo repito. Ya no eres el mismo. *Cuando compartes mucho con una persona se te pega lo bueno.*

Roberto: Es cierto.

Noel: Esta es la parte donde me debes decir que no fue tu intención herirla, aceptas que estás enamorado de ella y corres a verla. (Noel hizo una pausa) Creo que mi trabajo aquí ya está hecho.

En esos momentos Noel desapareció. Roberto se quedó sentado unos cuantos minutos más pensando en cómo comenzar su disculpa a María. En esos momentos escuchó la voz de Noel que le dijo: ¡Déjate llevar!

Roberto salió del restaurante riendo y pensando que el ángel de María tenía el mismo buen humor que ella. Le encantaba la idea de imaginársela feliz. De camino a la casa de María comenzó a recordar todo lo que ella había pasado en estos últimos días, así que primero paró en una tienda cristiana a comprarle un regalo.

Cuando el taxi se estacionó frente a la casa de María, ella se dio cuenta y se puso nerviosa. Tenía deseos de salir corriendo a saludarlo, pero no lo creyó prudente. Decidió conformarse con verlo desde una esquina escondida.

Él estaba vestido de gris con una chaqueta entallada tal como a ella le gustaba. Ella brincó de alegría cuando vio que él se dirigía a la puerta con un regalo. Como a María no le importaba cuidar las apariencias, tan pronto él tocó la puerta, ella abrió sin disimular. Tan transparente como siempre le dijo que le alegraba que hubiese ido a verla.

Roberto: Te debo una disculpa y me moría por verte. Me acostumbré a ti y a tenerte a mi lado.

Soltó el regalo en la mesa de la entrada. Acercándosele la miró bien fijo a los ojos y tomándola por las manos le dijo:

Roberto: Ya no soy el mismo hombre. Tú y Dios me han cambiado. (Se le llenaron los ojos de lágrimas)

María: (Se le tiró encima para abrazarlo de alegría) Así mismo me siento yo. También te pido disculpas porque si le confesaste algo a Noel y a mí no, pues debí esperar a que me tuvieras confianza y me lo...

Roberto: (Interrumpiéndola) No te preocupes por eso ahora. Ya tendremos tiempo de hablar de todo eso. Primero quiero que abras mi regalo.

Cuando María abrió el regalo, era una Biblia muy parecida a la que ella tenía. Además, le regaló un marcador con un mensaje de amor.

Roberto: Quiero formar parte de los momentos especiales de tu vida. Con este marcador puedes recordar nuestro primer viaje misionero juntos.

Antonio y otros Ángeles

María: ¿Primer?

Roberto: Te seguiré a donde Dios desees llevarnos.

María: ¡Tanta disponibilidad!

Roberto: Alguien me dijo que no analizara las cosas y me dejara llevar. (Riendo sabiendo que Noel lo tenía que estar escuchando).

Platicaron por largas horas y Roberto le contó a María sobre Noel y el mensaje de Dios sobre un propósito para ambos. A la mañana siguiente María llamó a Roberto para contarle que sobre su gavetero había una nota de Noel junto a la sortija de su mamá.

La nota decía: Una Biblia especial para una familia especial. Además, la Biblia nueva estaba repleta de todos los marcadores que le habían quemado. La nueva biblia estaba subrayada y marcada tal como su antigua Biblia. El marcador de Roberto estaba sobre una lectura del matrimonio.

Eugenia paró la historia. Hubo silencio por un breve momento hasta que Joshua le pide que continúe.

Joshua: ¿Qué versículo estaba marcado? Dime más.

Eugenia: Creo que te conté lo más importante.

Joshua: ¿No me dirás cuál fue la misión tan importante?

Eugenia: ¿No te suenan conocidos los nombres de María Negrón y Roberto Millán?

Luego de un breve silencio.

Joshua: No puede ser que sea Roberto Millán; uno de nuestros ex gobernantes.

Eugenia: ¡Acertaste!

Joshua: ¡No puede ser! (Confuso). He estudiado mucho sobre ellos. Mejor dicho, todos estudian la vida de ellos y nunca había escuchado sobre esta historia.

Eugenia: Muy pocas personas saben sobre esta parte de la historia. Esto es un secreto que ha pasado de generación en generación en las familias de misioneros.

Joshua pensativo tratando de unir cabos entre sus conocimientos y esta nueva historia.

Eugenia: ¿Por qué crees que fueron rechazados al principio y hasta recibieron atentados de muerte? Hasta el mismo gobierno trató de eliminarlos. No solamente porque ella era imperfecta, sino porque era misionera. No sacaron a la luz sobre su secreto de las misiones porque les convenía que en su país siguieran viviendo con gríngolas egoístamente aparentando disfrutar la paz de su nación.

No les convenía que se supiera que aún existía la pobreza en otros países. Los noticieros solo mostraban acontecimientos positivos. Habían olvidado lo que era la pobreza, el sufrimiento y las necesidades.

Antonio y otros Ángeles

Era por tal razón que ya casi no había creyentes cristianos. No les hacía falta un Dios, no necesitaban soñar con un paraíso eterno porque vivían conformes.

Joshua: Ahora entiendo por qué sus primeros proyectos fueron capillas y reconstruir iglesias.

Eugenia: Sí, pero también hicieron que aumentara la economía con nuevos acuerdos de importación y exportación. Continuaron con viajes misioneros, pero legales, que ayudaron a su economía y a muchas personas.

Joshua: Nunca entendí por qué María era tan famosa como Roberto. A otros gobernantes se les atribuían los logros solo al gobernador ya que la esposa era solamente la Primera Dama con roles menores. Pero María es igual de famosa que Roberto y siempre estuvo envuelta en todo con él, juntos.

Eugenia: Dios les encomendó una misión juntos.

Joshua: Nunca escuché nada de que ella era imperfecta.

Eugenia: Eso fue uno de sus cambios. Otros cambios fue el manipular el físico de los niños. Solo condiciones y enfermedades como era al principio. Y la pulsera purpura fue eliminada. Si recuerdas Roberto le entregó al contrabandista su pulsera a cambio de salvar la vida de María. En ese momento se dio cuenta del valor de la vida de una persona que Dios creó imperfectamente perfecta.

María se convirtió en una fuente de inspiración. Muchos imperfectos se identificaban con ella y veían en ella un triunfo personal.

Joshua pensativo y con el semblante un poco apagado.

Eugenia: Te me pareces a Roberto, pensativo y analítico. ¿Qué piensas?

Joshua: Lo privilegiados que fueron. No tanto por la vida victoriosa que tuvieron, sino por el privilegio de que Dios les enviara un ángel y tantos milagros. Debió ser fácil para ellos el seguir a Dios.

Eugenia: No creas que fue así de fácil. Lo que te conté fue el principio de muchas pruebas y peligros.

Joshua: ¡Lo sé! Me refiero a que debió ser gratificante o fácil saber que estás haciendo lo que Dios desea y saber que él te ayudará. Además de saber tu propósito de vida. Ese privilegio no todos lo tienen.

Eugenia: **Dios se comunica con todos de diferentes formas, dependiendo de la personalidad de cada cual.** Con María quizás fue necesario que fuera más personal por lo mucho que había sufrido o por su fe tan inmensa. Solo Dios sabe la razón. Con otros se comunica por canciones, sermones en la iglesia, o con lecturas bíblicas. Con otros por consejos de familiares o amistades como yo.

Joshua: (Sonriendo agradecido) Te entiendo muy

bien, pero me gustaría que Dios me hablara como a María. Sonará como una falta de respeto pidiéndole tanto a Dios, pero a la verdad que sería increíble experimentar un milagro así. Quisiera tener herramientas para defender mi fe ante los que atacan mis creencias. Sentirme más seguro en mi fe. Me encantaría un milagro que me de esa certeza.

Eugenia: **Nunca pienses que le pides demasiado al Padre. A Él le gusta que le pidan, solo respeta si te lo concede y en el tiempo que te los concede. Él es Dios y te puede dar todo lo que pides, pero Él lo sabe todo. Sabe lo que te conviene, cómo y cuándo.** (Pausa mirando a Joshua) Tú también estás viviendo tiempos difíciles y te estás manteniendo firme en tu fe y eso Dios lo ve.

Joshua: Gracias.

Eugenia: (Luego de una pausa) Sé que te gustó la historia, pero esta tarde yo no vine solamente para eso, sino para **crearte conciencia de que Dios está más cerca de nosotros que lo que crees. Y que todos somo igual de importantes para Él. Joshua, Dios sabe lo que tu corazón anhela antes de que tú mismo te des cuenta.**

A Joshua se le iluminarlos los ojos imaginando que esto era un mensaje de Dios. Un poco confuso aún.

Joshua: ¿A qué te refieres?

Eugenia: Tú sabes a lo que me refiero. **Dios te está hablando al corazón. Escucha su mensaje.**

Sé que no nos volveremos a ver porque mi misión fue cumplida. Mucho te conté en todos nuestros encuentros. Recuerda que Dios todo lo puede. *Él tiene el control de todo. Por eso no trates de analizar lo inexplicable. Déjale eso a Dios.* El Padre me pide que culmine mi misión diciéndote que *¡Nunca olvides que eres importante para Él!*

Eugenia desapareció tan pronto terminó de hablar. Dejó un aroma a flores celestiales. Joshua sintió una mezcla de paz y de inmensa alegría que llenó su alma de mucho amor. Definitivamente, sabía que estaba experimentando la presencia de Dios. Se marchó a su casa luego de que terminó aquél encuentro, el milagro de su vida, lo que horas antes era lo que más deseaba en la vida.

Al entrar a su habitación volvió a rodearlo el mismo olor a flores y a experimentar el amor de Dios. Cuando miró a su cama encontró un libro abierto. Pensó que era una reliquia del museo, pero al acercarse se dio cuenta que era algo mucho mejor.

Era una Biblia de la cual emanaba el mismo dulce aroma. Esta estaba repleta de marcadores y versículos subrayados. Se dio cuenta que era la biblia de María la que estaba abierta en Job 38.

Antonio y sus Ángeles

Mi Día Favorito

Tengo 88 años y llevo tres que no puedo caminar. Soy un viejito humilde pero no significa que calladito. Hay gente que piensa que humildad es timidez, pero yo estoy claro como el cielo de verano. Bueno como un verano de mi juventu' porque últimamente las temporadas se han vuelto locas y se mezclan como el sofrito de mi hermana. Soy respetuoso, pero tan alegre que me bandeo a charlatán por lo mucho que me gusta el relajo y los chistes sanos. Mis favoritos son los mongos, mongos, pero buenos, buenos. Casi me comparo con Tavín Pumarejo, pero sin la pava ni la trova porque no canto ni en la charca, pero sí bailo como trompo de cabuya larga.

Eso es lo más que extraño desde el accidente que me dejó en esta silla. Pero no creas que me arrepiento de ese día, al contrario, ese día es mi día favorito. Esa tarde yo iba guiando tranquilito por el carril de los lentos y desde que me monté comenzó la magia. Yo nunca usaba el cinturón de segurida' porque pa' mis tiempos eso no existía y la única vez que lo traté, me sentí como buey de arado y más tieso que la relación entre la artritis y mi espalda. Pero ese día al montarme, me fui a poner el cinturón como si fuera mi costumbre. Fue una rara sensación pero rápido reaccioné y lo solté. Yo ni siquiera sabía que esa correa existía en mi carro. Le di casco un ratito, pero no me lo puse y arranqué.

Rebecca Sepúlveda

En la primera luz que me detuve volví a tratar de adivinar qué fue lo que me pasó pa' yo haber desea'o ponerme el cinturón y supuse que pudo ser que me estaba llegando a visitar el alemán (alzheimer). Gracias a Diosito que no fue eso porque prefiero no caminar, a no reconocer y disfrutar lo bello de mi terruño.

Bueno, pues cambió la luz y arranqué normal, pero me dio una inquietu' de momento y luego oí una voz que me dijo "ponte el cinturón". Yo me asusté y me dije ahora sí que se te cayó por completo un tornillo. En ese momento no había carros cerca y la número dos estaba casi vacía. Yo estaba solo así que no pudo haber sido alguien hablándome.

Mientras conducía volví a escuchar la voz que me dijo un poco más fuerte "ponte el cinturón". Ahí fue que me dio susto y me estacioné en el paseo. Casi incrédulo de lo que me estaba pasando miro a todos lados y agarro fuertemente el guía mientras respiro profundo pa' calmarme.

Cierro los ojos y sigo respirando hondo porque a mi edad me podía dar un infarto. Ya me sentía calma'o así que abrí mis ojos y pa' mi sorpresa vi frente al carro una imagen brillosa y transparente en forma de ángel con unas alas gigantes. Parpadeé varias veces y la imagen seguía como flotando en el mismo lugar mientras parecía que movía las alas. De pronto volví a escuchar la misma frase, pero esta vez suavemente como susurrada a mi oído, "ponte el cinturón".

Ahí me dije yo, a la buena sí, pues claro que

obedezco. Me viré pa' ponerme la correa de segurida' y cuando vuelvo la mirada, ya no estaba. Me quedé unos segundos como frisa'o y asusta'o porque me imaginaba que algo feo me iba a pasar. Como todo macho valiente que soy, hice una oración encomendándome a Dios diciéndole que aceptaba su plan y arranqué el auto.

No creas que fue fácil, pero fue un viaje placentero luego de haber visto tan bella imagen y haber comproba'o que existe lo divino en este mundo. Ya cuando estaba llegando a mi casa pasó lo que iba a pasar. Me chocó un hombre que al parecer estaba tan borracho que no escuchaba a su ángel aconsejándolo de que no guiara en ese estado. Parece que tampoco escuchó mi bocina cuando para'o en la luz roja vi por el retrovisor que el auto de atrás no frenaba. El cantazo no fue tan grave como lo esperaba, pero mis huesos no son tan fuertes como antes.

Yo de joven trabajaba en la caña en la Central San Vicente de Vega Baja y luego me dediqué a la cosecha porque tenía un espacio en la Plaza del Merca'o donde vendía mis verduras. Allí fue donde conocí a mi difunta esposa que en paz descanse y a quien creía que por poco vería ese día. Ella luego trabajaba conmigo vendiendo frituras y jugos naturales. Nosotros comíamos bueno de a verdad y casi to' del país.

Por estar en forma es que creo que no salí tan mal. Ahora sí que me alimento mejor porque me mantengo delgadito pa' que a mis hijos no se les haga tan difícil ayudarme cuando me sacan a pasear.

Rebecca Sepúlveda

A mí me encanta la calle y no quiero que ellos se cansen porque sería horrible estar en mi casa encerra'o. Ellos saben que me tienen que llevar por lo menos dos veces al mes a la playa. Esto es sin contar que me deben sorprender de vez en cuando llevándome al Viejo San Juan a oír los tríos y a las noches de bohemia. Antes me gustaba ir al banco donde compartía con amigos, pero con la dichosa tecnología, ya no es lo mismo.

Mis hijos son buenos gracias a que yo fui un buen padre. Esto lo sé porque, como ya te dije, trabajaba con la tierra y hay que saber cosechar de to' en esta vida, hasta a los hijos. Así también es con el dinero, se debe trabajar duro de joven para ahorrar pa' estos años de relajación. Se cultiva con la vista puesta en un futuro próspero y tener fe de que no lloverá demasia'o pa' dañarte la siembra.

Mira si me gusta salir que le pago a un señor, quien ya es como un amigo, quien me saca a pasear por el campo todos los viernes. Ese día es mi favorito porque él me guía por el centro de la isla y le pido que nos paremos en diferentes chinchorritos a comer unas frituras, hablar con gente nueva, admirar los paisajes y hasta a recoger frutas en el camino.

Además del buen paseo, me lo saboreo, guardo para la semana y me llevo para mis vecinos y familiares. Pa' que se pierdan en el monte, me lo disfruto yo y mi gente amada. Solía hacer estos paseos con mi esposa, pero no por ser un recuerdo dejaré de hacerlo, al contrario, me lo disfruto doble, por mí y por ella.

Antonio y otros Ángeles

Hay que ver las cosas a lo positivo como ahora que, aunque no camino, es bueno porque me canso menos bailando. Bailo de to' pero mi música favorita es la salsa. No creas que es un chiste mongo mío, es cierto. En el baile anual de la iglesia yo pulía el piso bailando. Ahora no es tan malo porque estaciono mi silla en un área de la pista y las bailo todas sentadito y no me canso. El primer año después del accidente muchos esperaban que yo no fuera al baile, pero yo, al contrario, le dije a mi hijo que me decorara la silla de ruedas con guirnaldas. Fue una linda sorpresa pa' ellos cuando me vieron llegar y medio bailar no solo algunas canciones como antes, sino que todas.

No sé porque algunas personas ven las cosas desde lo negativo. Nada es imposible si hay vida, así que me queda mucho por bailar y disfrutar. Siempre habrá tropiezos y las cosas conllevarán más esfuerzo que lo acostumbra'o, pero también es más gratificante al lograr los retos con mayor esfuerzo. No importa la edad o los años vividos, no faltan los deseos de vivir y las metas cambian, pero se sigue soñando.

Bueno te dejo porque como te habrás da'o cuenta, hoy es viernes y es mi día de hacer amistades y me faltan muchos pueblos por recorrer.

Bueno, mi nuevo amigo, aquí te dejo con dos regalitos; El primero es una enseñanza de un viejo alegre que ama la vida. Te deseo mucha felicidad en tus días que son lo que se acumula pa' lograr una vida. Vive consciente que hay ángeles que nos hablan a diario pa' guiarnos porque, aunque este mundo es bello, no es eterno. El otro regalo es uno de estos postrecitos de tres leches. ¡Uno para ti y otro para mí! Aunque soy diabético están para arriesgarse porque pa' morirme soso, mejor me muero dulzón.

Antonio y Otros Ángeles

Jacky lleva cuatro días en el Paraíso, pero aún siente el mismo entusiasmo que sintió en su llegada. Son cuatro días terrenales, pero en el paraíso el tiempo no se mide ya que todo es diferente. Allá no hay noche porque Dios alumbra todo el tiempo. (Apocalipsis 22:4-5)

Desde su llegada ha visitado todas las áreas, desde la plaza principal hasta el jardín de Jesús. Inclusive ha visitado el bosque donde jugó con los animales. Ha platicado con Dios, con varios familiares, saludado viejas amistades, corrido, nadado, y hasta volado.

El volar es algo que ha disfrutado mucho. Inclusive voló con las aves más hermosas del paraíso las cuales son pequeñas como golondrinas, pero con una mezcla de colores neones, con alas translúcidas como de mariposas, pero fuertes y anchas que usan para planearse.

Esas aves se encuentran en la entrada al bosque en unos árboles gigantescos con un color parecido al anaranjado. A lo lejos los árboles aparentan ser multicolores y dan la impresión como si sus hojas tuviesen vida, pero son las aves que se pasean de rama en rama. Jacky estuvo bastante tiempo en esa área y otro tiempo junto al río en una cascada volando con mariposas. Estas tienen el cuerpo parecido a ardillas grandes con inmensas alas. No ha parado de divertirse ni siquiera para dormir, aunque en el Paraíso se duerme y se come muy poco.

Comparado con nuestro tiempo, sería como una vez por semana que se duerme y se come. Mientras, todos comen diferentes frutas de meriendas.

Jacky ahora se encuentra sentada en la plaza principal observando a las personas que llegan con sus túnicas blancas (Apocalipsis 7:13-15). Observa la alegría de todos y le atrae la hermosura de los ángeles. Hay ángeles de diferentes formas (Daniel 10:5-8), algunos con seis alas (Isaías 6:2), otros con alas redondas como arcoíris y otros con vestiduras de soldados (Mateo 28:2-4, Ezequiel 10:8, Josué 5:13-15).

Pero en esta área abundan los ángeles guardianes que son altos con túnicas blancas. Tienen ojos grandes sin pestañas ni cejas ya que no sudan, así que no necesitan el vello facial. Tienen labios carnosos para dar besos de buenas noches a sus protegidos.

No tienen nariz ya que no necesitan el oxígeno para vivir porque son seres espirituales, solo tienen una muy leve protuberancia ocupando el lugar de la nariz. Las manos son iguales a las de los humanos, pero sin uñas y de igual forma son los pies. Ellos no son de carne, aunque de lejos aparentan serlo, pero al acercarse notas su translucidez. Algunos aparentan un color de piel más claro que otros al igual que sus cabelleras que varían desde rubios hasta cabellos negros. Todos son diferentes como los humanos pero todos son igualmente hermosos.

Jacky encuentra fascinante el que en el paraíso todos se conocen. Para ella es impresionante que con solo mirar a la persona ya sepas su nombre y su vida. Es como si en el paraíso no existieran los secretos

(Apocalipsis 21:27). **Es como si la luz de Dios fuera una red de conocimiento en el aire a lo que llaman la conexión divina** (1 Corintios 13:10-13). Todos en el Paraíso se conocen y se saludan por sus nombres o apodos (como tú prefieras porque ya todos saben cómo lo prefieres). El conocimiento de la conexión es para unión y hermandad provocando amor puro. En el paraíso no existe el rencor, envidia, críticas, celos o chismes. Al reencarnar Dios les da un cuerpo nuevo digno del paraíso y este nuevo ser no reconoce la maldad (Filipenses 3:20-21)

Jacky decidió seguir a un grupo de ángeles guardianes que iban compartiendo camino al primer establecimiento de la plaza principal. Percibió que todos ya habían culminado su misión en la tierra menos uno de ellos. Estos ángeles se dirigían a un tipo de despedida o entrenamiento final para un ángel llamado Sebastián. Todos iban alegres y charlando sobre anécdotas de sus entrenamientos.

Era el primer establecimiento al que Jacky entraba así que se distrajo observando lo que comían todos y cómo funcionaba todo. Este establecimiento tenía la fachada más hermosa de todos. Era como entrar a un enorme comedor de un palacio, con sillas elegantes y cortinas relucientes con diseños de alas. Las telas parecían ser con hilo de oro o cristales preciosos. La mayoría de las mesas eran largas donde muchos compartían entre risas. Algunos se cambiaban de mesa compartiendo con varios seres a la vez.

El aroma era tan delicioso que casi se podía probar así que le abrió el apetito a Jacky. La comida está acomodada como *buffet self service*. Al acercarse cogió uno de los platos de oro rosado con hermosos grabados en el borde y los cubiertos que combinaban con la elegante vajilla. Cada uno toma su propio plato y se va sirviendo lo que desee. En cada bandeja había diferentes frutas, vegetales, granos y tallos entre otros alimentos. La variedad era inmensa, como de 50 bandejas en el área de alimentos y 20 en el de postres. Jacky tomó su plato pero pensó que le gustaría que alguien le explicara un poco sobre estos sabores, aunque ya había probado algunos. Sabía que sería especial su primera comida completa en el Paraíso y no deseaba estropearla.

En eso se le aparece su ángel guardián para apoyarla. Quién mejor que su guía terrenal para ser su guía en el cielo y quien la conoce mejor que nadie.

Jacky: ¡Efrén! ¡Que gusto verte!

Efrén: ¡Gozo al verte! ¡Y más si es para apoyarte! Aquí acostumbramos usar mucho la palabra "Gozo" (para saludos, despedidas y todo lo que sea necesario). ¡Vivimos Gozosos en el Señor!

Jacky: ¡Gracias Efrén! ¿Cómo sabes que necesito apoyo?

Efrén: Me llamaste diciendo que te gustaría que te apoyara con los alimentos.

Jacky: ¿Yo?

Antonio y otros Ángeles

Efrén: Tú llamas a las personas con el pensamiento. Todos estamos cubiertos con la conexión divina.

Jacky: Cuando me explicaste que te podía llamar en cualquier momento pensé que era con mi voz.

Efrén: Con la voz, el pensamiento, tu corazón, tu ser o como desees. Inclusive con un recuerdo, porque quizás algún paisaje te recuerde algo de tu vida terrenal con algún familiar y puede que ese recuerdo sea tan fuerte que a tu familiar le llegue tu pensamiento y venga sintiendo tu llamado a recordar juntos.

Jacky: Cada detalle del Paraíso es impresionante.

Efrén: Me da gozo saber que has compartido con tantas personas. Yo he aprovechado a visitar algunos ángeles amigos. Ahora mismo estaba con William, el ángel de tu hermana Frances. Compartimos tantas anécdotas y momentos que vivimos juntos. En especial como las calmábamos cuando discutían por el televisor en su adolescencia. (Ambos rieron)

Jacky: ¡Qué momentos aquellos! Ya fui a visitar a mi hermana y su mansión es hermosa. (Juan 14:1-3)

Efrén: ¡Sí! Fui junto con William y definitivamente es hermosa.

Jacky: Bueno, deseo comer pero la variedad es extensa.

Efrén: Ven, para recomendarte algo delicioso.

El la llevó frente a todas las áreas y le dio ejemplo de sabores terrenales para que tuviese una leve idea porque de todos modos todo sería mucho más delicioso. Hasta le mostró cómo prepararse jugo o frappé con las frutas que deseara. En el área de postres ella eligió unas pepitas que sabían mejor que el chocolate.

Jacky encontró interesante como algunos desaparecían de la fila para traer más alimentos a las bandejas. Efrén le explicó que ninguno trabaja fijo en este lugar. Todos saben lo que hay que hacer y lo hacen decidiéndolo libremente. Las bandejas tienen una marca y cuando llegan a ella, el que lo note marca el letrero que dice "manejándose" y desaparece a buscar más del fruto reapareciendo rápidamente. Trae la cantidad que desee y nadie le cuestionará. Igual pasa con los aderezos. Si notas que llega a la marca pues mueles la fruta que sea y rellenas el pote.

Luego que se sirvieron, Jacky sugirió que se sentaran cerca del grupo de ángeles guardianes. Efrén le explicó un poco sobre el encuentro de estos ángeles. Ellos se reúnen cuando a alguno le toca su misión, o sea que le toca el turno de nacimiento a su protegido.

Efrén: Sabes que los ángeles fueron creados al principio de los tiempos. Todos los ángeles, denominaciones, virtudes, y todos incluyendo a los guardianes. Estos han vivido desde el principio y aún quedan algunos esperando a que les toque el turno de vida de su protegido. Dios ya conoce a todos sus hijos pero aún no han nacido todos.

Antonio y otros Ángeles

Ambos se sientan en la mesa del lado de los ángeles. Uno de estos ángeles llamado Antonio percibe la curiosidad de Jacky y comienza a instruirla al respecto.

Antonio: Nosotros estamos en continuo entrenamiento hasta que toque el momento de que nazca nuestro protegido. Ya conocemos muchísimo sobre él, inclusive antes de que nazca (Jeremías 1:4-5). En la tierra nacen miles de niños al mismo tiempo, pero en la tierra todo va más lento, aún cuando el mundo vive a prisa. Mientras más pasa el tiempo, más entrenamiento se necesita porque siguen surgiendo más pruebas, nuevos vicios, y otras barreras.

Antonio continuó dándole detalles de cada duda que Jacky tenía en su mente.

Antonio: También han surgido nuevas dimensiones. En la tierra actualmente hay 7 dimensiones y los humanos eligen en cuál de éstas vivir. Hasta el tiempo ha notado lo mal que están las cosas. El tiempo vuela como queriendo que todo acabe. En la tierra los días parecen más cortos, cada año hay más contaminación, el agua está más escasa, hay nuevas drogas, nuevos químicos en alimentos. Todo eso ocasiona nuevas enfermedades y demasiados medicamentos que solo remedian el síntoma, pero no son una cura.

Estos últimos son personas inescrupulosas que solamente piensan en enriquecerse sin importarles los daños a la humanidad.

Peores son los que inventan enfermedades para luego lucir como santos que encontraron la cura y todo lo hicieron por lucrarse. Otros inventan virus para computadoras, bombas, o armas. Si era difícil el mundo antes con algunos males como el racismo, pues imagínese cómo terminará esto si los hombres no recapacitan.

El entrenamiento no termina para nosotros. Cada vez los ángeles suben más cansados y se les nota que es mayor la alegría de ambos al conocerse. Antes, algunos protegidos preferían volver a la tierra a terminar algo, pero ahora no lo dudan y al llegar sí ven la gloria. Por eso nos gusta este local, para verlos cuando entran al Paraíso. Ser partes de ese momento tan especial.

Jacky escuchaba todo muy atenta y fascinada entendiendo la vida de la tierra con más claridad.

Antonio: Te lo explicaré con el lenguaje de los humanos. La dimensión 1 es como vivir en un leve infierno y así sucesivamente, mientras que la 7 es como un pedacito de cielo. En la dimensión 1 las personas pueden hasta ver demonios, sentir que los tocan, escuchar ruidos espeluznantes y cosas parecidas (Efesios 6:10-13). Todo va mejorando mientras más alta sea su dimensión. Muy pocas personas viven en la 7 donde se ven luces, siluetas de ángeles y se siente el Espíritu Santo (Juan 14:21). Algunos visitan la dimensión 7 de vez en cuando pero las tentaciones hacen que bajen nuevamente.

Antonio y otros Ángeles

Pocos se mantienen y es más difícil en estos tiempos. Algunos son santos o personas espirituales como María y Roberto, los protegidos de Noel y Justo quienes subieron hace poco.

Noel: Si, mi protegida María fue una mujer muy espiritual. Era una misionera pero esto la hacía bajar a dimensiones muy difíciles al rodearse de personas no creyentes que vivían entre diversos demonios, pero al orar tanto volvía a subir de dimensión. Al subir a la dimensión 7 pudo inclusive conocerme en vida terrenal. Cuando un humano tiene tanta espiritualidad en su vida, esto permite que nos manifestemos con mayor claridad ya que su cerebro lo van programando a que sus creencias son reales y por supuesto si Dios lo permite.

Justo: Mi protegido Roberto fue salvo gracias a la ayuda de María y Noel. El que conociera a María fue de bendición para los dos porque mientras más baja es la dimensión, significa que más demonios los rodean y más luchas tendremos nosotros los ángeles. Como dijo Noel, si se rodean de personas de bajas dimensiones esto hace que se expongan a demonio o tentaciones, y a malos ratos pues los demonios traen problemas y tragedias para desanimar a los suyos. Quizás al compartir con alguien de baja dimensión hace que un demonio se fije en ti cuando no debió hacerlo. Los de altas dimensiones están tan enfocados en lo positivo que muchas veces ni ven a los de bajas dimensiones y así viceversa. ¿Alguna vez en la tierra recuerdas haber escuchado de alguien que dijera que te vio y te gritó y tú no lo viste? Esto es porque tu ángel te protegía o tú estabas en otra dimensión.

Antonio: Mi protegida Ana me mantuvo por varios años en la dimensión 2. Eso fue en su juventud por andar con malas amistades. Hubo un tiempo que subió a la 3 pero no duró mucho porque lo que la ataba era su *room mate* de la universidad (Salmo 40:5). Recuerdo que en la dimensión 3 se luchaba con demonios como dos veces en semana, pero en la 2 las luchas eran casi a diario y teníamos guerras todos los meses. Era un trabajo duro, pero aún más duro era para Ariel quien era el ángel de esa muchacha. Yo lo apoyaba en sus luchas, éramos un buen equipo. Ella era de las personas que saben que hay un Dios, pero lo ven lejano. Como a alguien a quien solo hay que orarle (Jeremías 23: 23).

Ana se tomaba sus respiros cuando se sentía cargada y deseaba despejar su mente. En esos días yo también descansaba y recargaba (Efesios 6:16-18). Mis luchas eran casi siempre con el mismo demonio al que ya le conocía la debilidad. Era la envidia, y se llamaba Rufino. A otros ángeles les era más difícil porque luchaban con demonios más accesibles como la pornografía y el alcohol. Ana sabía que debía mudarse y que en ese apartamento el ambiente era pesado. Muchas veces los humanos saben que algo anda mal, que ciertos lugares tienen mala vibra o como lo deseen describir. Hay lugares donde hay más demonios porque se le permiten la entrada.

Noel: **Mientras más pura tu alma, menos te molestan los demonios porque no pierden su tiempo y buscan personas débiles ante tentaciones.**

Antonio y otros Ángeles

Justo: Mientras menos demonios los rodean, con más paz viven.

Noel: A veces el *stress* es porque sin saberlo deseas salir de un lugar. Tu alma presencia una lucha fuerte de algún demonio que te dice cosas negativas. Quizás hay una lucha de tu ángel con alguno de esos demonios y sientes que debes salir de ese lugar.

Jacky: **Ahora es más claro el porqué es que hay personas que viven mundos tan distintos aún viviendo en el mismo país o ciudad.** Inclusive amistades que sabes creen en brujería y en la lectura de cartas. Mientras, otros viven totalmente al extremo donde sienten el Espíritu Santo en sus vidas. Siempre pensé que ambos extremos tenían algo de locura, pero ahora veo que todo era cierto.

Antonio: Todo era real, lo que pasa es que viven en el mismo lugar físico, pero no en el mismo mundo espiritual. **Locura es que haya humanos que crean en espíritus, demonios, o ángeles, y que se les haga difícil creer en Dios y en el juicio final.**

Cambiemos el tema porque esto es una celebración. Nosotros fuimos creados para proteger al ser humano, algo que no nos molesta. Lo mejor son los pequeños milagros. Debemos respetar el libre albedrío, pero se nos permite apoyar en detalles pequeños, tales como, cambiar luces de tránsito, mensajes por canciones en la radio, o carteles, entre otros. Hasta el más pequeño detalle tiene que ver con el gran plan maestro de Dios.

Noel: ¡Así es! Es una satisfacción inmensa.

Justo: Es nuestro propósito de existencia.

En todo momento Sebastián ha estado en silencio escuchando todos los comentarios. En ese momento se aparecen María y Roberto. Saludaron amablemente con un ¡Gozo para ustedes!

María: ¿Nos llamaron?

Antonio: Sí. Estamos despidiendo a Sebastián, pero a la vez tenemos una bienvenida. Celebramos la bienvenida de Jacky.

Roberto: ¡Interesante! (Entre risas y haciendo movimientos leves de baile) Este será el primer doble festejo al que asisto aquí en el Paraíso. Las cosas se están poniendo interesantes aquí en el Cielo. (María se paró a bailar con Roberto mientras todos reían).

Antonio: Creo que es buena idea que aclaremos las dudas que pueda tener Jacky y así Sebastián recopila más información para su misión.

Sebastián: Me encanta la idea. Me ha ayudado mucho escuchar todo lo que ya han hablado.

Jarielys: (La más pequeña del grupo, murió solo a sus 7 años) A mí también me ha favorecido. Es interesantísimo todo. ¡Cuenten más!

Claudia: (Ángel guardián de Jarielys) ¡Pues continuemos! Volviendo al tema de nuestro propósito, deseo añadirle a Sebastián que no solo amarás a tu protegido sino también a su familia.

Antonio y otros Ángeles

Jarielys: Y gozarás también en hacer milagros a los familiares. Dios le permitió a Claudia que hiciera un milagro a mi mamá y también que se le revelara su presencia. ¡Fue hermoso!

Claudia: Si, fue muy especial. Ella rápido captó quien yo era y entendió.

María: (Entre risas) No todos captan tan rápido. ¿Verdad Noel?

Noel: (riendo) No. Algunos como tú y Roberto dan más trabajo.

Todos reían mientras ellos contaban sus anécdotas de todo lo que Noel tuvo que hacer para que entendieran el mensaje, desde tomar la imagen de un hombre, hasta también aparecerles en imagen de mujer.

Todos reían y comenzaron a compartir sus experiencias, sus pequeños milagros, sin reconocimientos y a darle consejos a Sebastián.

En eso se acerca a la mesa Joseph y Clemente. Clemente es un ángel pasando una situación no muy común. Clemente subió al cielo antes de tiempo por dirección de Dios y para pedir por su protegida Margarita. Joseph saludó de forma normal, pero el saludo de Clemente fue de forma especial.

Clemente: (Se detuvo erguido frente a la mesa, frente a todos con la cabeza baja por unos segundos y luego alzando su cabeza con una amplia sonrisa les dijo) ¡Gozoso al verlos!

Todos lo saludaron también de forma especial.

Antonio: Clemente, **lo diferente muchas veces es bueno.**

Clemente se recompone como si Antonio le hubiese transferido una fuerza especial.

Clemente: ¡Y Dios es bueno! ¡En Gracia Antonio!

Antonio: Clemente, imagino que tienes prisa pero, ¿qué le puedes compartir a Sebastián?

Clemente: No he acabado mi encomienda.

Antonio: Sí, pero la experiencia la tienes.

Clemente: Sebastián, sabemos que Dios ama al hombre y su existencia la desborda en amor para sus hijos (1 Juan 3:1-2). Por cuidarlos y guiarlos para luego vivir juntos eternamente en Gozo. Inclusive nos creó a los ángeles para protegerlos. Prepárate porque el amor que sentirás por tu protegido será casi igual al del Padre por sus hijos. **Prepárate para amar.**

Los rostros de todos mostraban aceptación en su comentario, y amor. Clemente se despidió de todos y se retiró.

Sebastián: Definitivamente que será más amor que el que he imaginado. (Rostro pensativo)

Antonio: Dios permitió que Clemente viniera para

darte este poderoso mensaje y enseñanza con su ejemplo. Ejemplo de que los tiempos son diferentes y Dios está haciendo cosas diferentes.

Joseph: ¡Sí, cosas diferentes! Como mi protegido que compartía su cuerpo con el alma de su hermano. Dos almas manejando un solo cuerpo. El Poder de Dios es supremo, pero más aún su sabiduría y amor. Este caso fue de provecho para el muchacho y demostró que el Señor puede hacer lo imposible, posible. A mí me fue mejor que a todos porque en todo momento tuve un compañero guardián. Éramos dos ángeles para un solo cuerpo.

Claudia: (Entre risas) Tu trayectoria fue una de las más fáciles en la tierra. (Todos reían) Ningún demonio se acercaría, si eran dos ángeles contra uno. El supremo es sabio y era obvio que necesitabas apoyo.

Justo: Fue como si un ángel custodio necesitara otro ángel que lo cuidara.

Joseph: ¡Rían! (También riendo) Justo, creo que tienes razón. Dios me ama tanto que me quiso proteger. Todos saben que él me creó especial.

Roberto: ¡Sí! Especial, un ángel payaso.

Joseph: Mi don es la alegría, así que debo de tener algo de payaso.

Antonio: Ya mismo llegará el Arcángel Miguel. Se acerca tu momento Sebastián. Volviendo a los casos diferentes, el caso de Rafael fue muy parecido al de Clemente. Fue un ángel al que Dios le quitó conexión divina y además, le quitó la memoria. Él llegó inclusive a pensar que era un humano y que su protegido era su hermano gemelo. Dios lo hizo para darle la lección a Rafael de lo difícil que es el mundo sin la conexión divina. Para que entendiera cómo se sentía su protegido ante las pruebas, pero también fue un acto de amor hacia Rafael.

Claudia: También está el caso de Raquel. Dios permitió que un humano salvo bajara nuevamente al mundo.

Antonio: Sí, para Raquel no fue difícil porque ella murió en el vientre de su madre y nunca conoció el pecado.

María: Fue hermoso como Dios permitió que Raquel guiara a su propia madre en tan difícil momento. Me pongo en el lugar de Ana y debió de ser más que grandioso, inexplicable.

Antonio: Así es la obra de Dios. Dios es perfecto. Sebastián, confiamos siempre en el Señor y aunque surja algo diferente o extraño, siempre será para bien (Eclesiastés 3:1).

Sebastián: Lo extraño o diferente significa que es especial. Es como un halago el ser elegido por Dios.

En eso entra al establecimiento Hilario, un humano que se volvió muy buen amigo de Sebastián, ambos al igual que Joseph, todos alegres y payasos.

Antonio y otros Ángeles

Sebastián: ¡Hilario viniste!

Hilario: (Sonriendo) Como no venir si me voy contigo.

Sebastián: (Riendo) ¿Continúas con el mismo chiste? ¡Tú no vas!

Hilario: (Comenzó a cantar y bailar canción de bachata) Llévame contigo, llévame contigo, la, la, la, la... Llévame, ¡aunque sea para una bailadita y ya viro!

María: Ven baila conmigo. (Todos reían mientras Hilario bailaba con María)

Hilario: Acá en el Paraíso se baila mejor. Para allá no voy ni a comprar chicles.

Sebastián: ¡Te creo! Acá no hay chinchorros que visitar, pero vas de establecimiento en establecimiento.

Hilario: Sí, y es mejor porque puedo volar. Lo que es mucho mejor que la silla de ruedas que tenía.

Sebastián: Imagino que por eso tardaste tanto, hablando con todos.

Hilario: No es mi culpa que aquí todos sean tan buenos y amigables como yo. No puedo evitar querer hablar con todos. ***Para mí, todas las vidas son como cuentos que crean un gran libro del que solamente algunos personajes pasarán al libro de la vida.***

Confío que así será con tu protegido. Sé que pasará al libro de la vida con tan buen ángel como tú. Que tu trayectoria sea buena y que no sea de los que se quedan en el sueño esperando la venida de Señor, sino que suba rapidito para conocerlo y compartir con él y contigo mi amigo.

Sebastián: (Abrazando a Hilario) ¡Gracias mi amigo!

Antonio: Todos te deseamos una trayectoria terrenal en victoria.

En ese momento llega el Arcángel Miguel a la mesa. Él es un ángel un poco más alto y con unas alas inmensas. Es un poco más grande que los otros ángeles, y además lleva armadura.

Arcángel Miguel: (Saludo más formal o respetuoso) ¡Gozo al verles!

Todos se levantaron y saludaron de la misma forma. Mensaje perfecto para culminar tu despedida, Sebastián. (Sonriendo) Hilario, por poco atrasamos la partida porque Sebastián no podía irse sin verte.

Todos rieron viendo que Hilario había provocado que hasta el Arcángel Miguel dijera un chiste. Ellos saben que todo es parte del Plan Divino de Dios y sólo él controla hasta cuándo se nace.

Hilario: (Riendo) Yo soy como los fuegos artificiales en una despedida de año. Sin ellos no es una buena despedida de año, y sin mi bailecito esto no sería una despedida apropiada para Sebastián.

Antonio y otros Ángeles

Hilario sacó a Sebastián a una bailadita de salsa.

Sebastián: (Al terminar el baile, riendo) Gracias Hilario y gracias a todos por sus lindos deseos y mensajes. Ha llegado el momento para lo que fui creado. La alegría brota de mi ser.

Arcángel Miguel: ¡Llegó el momento!

Sebastián: ¡Gozo para ustedes!

Todos fueron transferidos al castillo de Dios. Torre de conexión de donde salen y entran los ángeles a la tierra formando un arcoíris con sus vestiduras.
Sebastián se paró en forma de meditación con cabeza baja. Todos se pararon rodeándolo y extendieron sus manos hacia él.

Antonio: Llevas tu sabiduría, pureza y alegría. Te apoyamos con nuestros dones, pero más importante aún, con la encomienda del Todopoderoso y con su Gracia.

En ese momento cada uno le recargaba a Sebastián con sus dones a través de luces. Unos compartieron paz, otros liderazgo, otros bondad y lo valioso de la amistad. Luego salió una luz desde debajo de los pies de Sebastián.

Antonio: ¡Victoria para tu protegido y para ti en esta trayectoria!

De repente Sebastián desapareció para unirse a su protegido. Desde ese momento no se separaron jamás.

Quizás seas tú el que tiene la dicha de tener a Sebastián como ángel guardián. ¿Has sentido alguna vez una inmensa alegría indescriptible? Quizás es Sebastián entreteniéndote bailando salsa como Hilario le enseñó. Quizás en este momento tu ángel te está observando con amor.

¿Sabes cuál es el nombre de tu Ángel de la Guarda?

Antonio y otro Ángeles

El Último Caído

Al principio Dios creó la luz (los ángeles). Luego de que Dios creara al hombre a su imagen surgieron diferencias ya que algunos ángeles rechazaron el plan de Dios con el hombre. *No entendían como el Gran Creador reconoce al hombre como su hijo y desea "rebajarse" a vivir en su mundo.* Esto produjo una rebelión dirigida por Lucifer. Todos los que dudaron de Dios fueron expulsados y estos son los que conocemos hoy como los ángeles caídos.

Lo que pocos conocen es que no todos actuaron hacia el mal. Algunos pocos no aceptaron seguir a Satanás. Solo pecaron al dudar o desobedecer a Dios en cuanto a su plan con los hombres.

Los caídos se dividieron en dos bandos, entre buenos y malos. Poco a poco todos fueron eligiendo su bando. Han pasado muchísimos siglos desde la caída y al día de hoy solamente queda Eddie sin elegir. Él es un ángel que para vivir en este mundo decidió ubicarse en New York City y tomó el aspecto de un hombre de 35 años de edad con un hermoso bronceado, de cabellera color marrón claro y unos pocos destellos rubios. Aparenta ser un ejecutivo divertido con sonrisa contagiosa y ojos azules que al verlos te llenan de vida.

En el mundo hay una continua lucha entre el bien y el mal. Una guerra entre los ángeles del mal, conocidos también como demonios, y los ángeles guardianes que

protegen a los hijos de Dios. Los ángeles caídos que negaron unirse a los demonios ahora son llamados los colaboradores. Estos ayudan en ocasiones a los ángeles guardianes en cumplir misiones.

Algunos colaboradores no ven bien la actitud de Eddie, en especial Yolanda quien piensa que él es vómito por referencia a Apocalipsis 3:16, donde guarda similitud con una persona tibia (refiriéndose a una persona que no se decide hacia el bien ni el mal).

Algunos demonios eran muy buenos amigos de Eddie, pero en los últimos años comenzaron a aborrecerlo porque este se niega a convertirse al mal. Yolanda es una de las líderes más poderosas de los colaboradores. Ella tomó el aspecto de una elegante mujer de hermosa tez negra, alta y musculosa. Aparenta unos 43 años de edad y una mirada penetrante de ojos verdes. En una noche, como muchas otras, Eddie estaba pasándola bien en el lugar de encuentro de los demonios. De afuera aparenta ser una fábrica, pero en el mundo tridimensional de los ángeles es en realidad un salón gigante de juego para competencias de poderes. Eddie es uno de los más talentosos en varias de estas competencias convirtiéndolo en el campeón de juegos. Esta es una de las razones por la que muchos demonios quisieran que él se uniera a su bando.

Yazmín: Me invitaste para que viniera a verte ganar otra vez. Que bueno que ganaste rápido para irme porque sabes que no soy bienvenida en este lugar desde que elegí ser colaboradora.

Antonio y otros Ángeles

Eddie: ¿Recuerdas lo bien que la pasábamos aquí juntos antes de que eligieras? ¡Gracias por venir y no te preocupes! Ya todos sabían que te había invitado. No estás en peligro. (Riendo) ¡Estas con el campeón!

Yazmín: (Sonriendo) No cambias. Tan dulcemente arrogante. Todos te amamos y por eso te has salido con la tuya por tantos siglos. Eres aceptado en los dos bandos (Pausa y mirada preocupante). Eddie, los tiempos han cambiado. Ya tienes que decidirte. Sé que disfrutas estos momentos con los demonios y también compartir con nosotros los colaboradores, pero ya es tiempo.

Eddie: Todos caímos juntos, somos familia. Yo los veo a todos igual, aunque hayan tomado bandos diferentes.

Yazmín: Yo fui de las últimas en tomar la decisión y te entiendo perfectamente. Por eso me siento con el deber de avisarte. Se te acaba el tiempo. Ser un simple ángel caído te mantiene en un limbo. No tienes conexión con el bien ni con el mal. No sabes lo que está sucediendo en realidad (Nerviosa mira alrededor). Hay una antigua leyenda que habla del último caído. Esto ha inquietado a muchos.

Ambos notaron que algunos en el bar comenzaron a hacerse señas.

Yazmín: ¿Qué tal si nos vamos?

En eso se les acerca Rufino.

Rufino: ¿De qué hablan?

Yazmín: Que ya nos vamos.

Eddie: (Percatándose de que Yazmín estaba nerviosa supo que algo andaba muy mal y fuera de lo normal) ¿Qué te pasa dinosaurio? ¿Tienes que decirme algo?

Rufino: ¡Sí! Que ya no te queremos en este lugar. (Y lo empujó)

Eddie: (Con su acostumbrada forma de ser, tomando todo a broma y riéndose) No te emociones porque permití que me tocaras. Sabes que soy el más rápido de todos. (Acercándosele al oído le susurra) Te dejé para que te puedas alardear un poco y te calmes. ¡Vámonos Yazmín!

Rufino: Yazmín no va para ningún lado.

En eso se le acercan otros demonios y de repente se aparece Ramsés. Cuando Eddie vio el odio en su mirada, perdió el aliento y la noción del tiempo. Le pasaron por su mente muchos buenos recuerdos con su antiguo amigo Ramsés. Momentos de relajar por las calles bailando como payasos, fiestas en su apartamento con varios de ellos y juntos viendo el atardecer mientras Eddie le decía lo mucho que lo amaba.

Ramsés: Ahí estás, recordando lo mucho que nos amas. En momentos así me entra la duda de que en algún momento decidas ser uno de nosotros. (Burlándose) El amor, el amor, el amor...

Eddie: (Un poco herido, pero riéndose de forma retadora) Siglos sin vernos. ¿A qué se debe la visita?

Antonio y otros Ángeles

¿Qué, te molestas que otra vez ayudé a un guardián?

Ramsés: Todos sabemos que lo hiciste porque la chica era muy bella. Todos sabemos que no fue con una buena intención. (Acercándosele a la cara) Y eso es lo que me molesta. ¿Cuándo te vas a decidir? Eres peor que nosotros, ni siquiera sabes lo que quieres.

Eddie sintió que esas palabras le afectaban, porque dentro de él también sentía pena al no saber qué decidir. Comenzó a recordar la conversación con Yolanda aquella tarde luego de que salvara a la chica.

En el recuerdo de esa tarde: Yolanda le dijo: Deberías seguir tus instintos. Has salvado vidas por instintos, pero nunca has tenido instinto para hacer el mal. Eddie le contestó: No estés tan segura. Sabes que no siento nada por estos hijos de Dios. No entiendo el amor que ustedes y Él le tienen. No los envidio ni los aborrezco, pero no les tengo lástima ni amor.

Rufino: (Lo interrumpió trayéndolo a la realidad) ¡Si lo sabemos! Aquí todos aborrecemos a los humanos y algunos hasta los odiamos. (Muchos comenzaron a reír) (Dirigiéndose a todos) ¿Qué creen si lo encerramos en un salón de torturas y ya no hay más leyenda?

Se formó una algarabía mientras algunos gritaban que sí, otros reían y otro murmuraban asustados ya que sabían que era un tema prohibido. En ese momento se abrió el techo del establecimiento como si fuera un portal hacia otro mundo.

Era como un remolino de donde se podía ver ángeles de blanco. En eso se aparece Yolanda al lado de Eddie. Muchos en el bar estaban preparándose para una guerra pensando que había llegado el momento del cumplimiento de la leyenda.

Yolanda: (Dirigiéndose a todos les reprende) No es el momento.

Eddie: (Riéndose) ¡Encuentro de hermanos! ¡Por fin juntos! (Les iba a echar el brazo a Yolanda y a Ramsés pero estos se alejaron)

Yolanda: No es momento de tus chistes. Acéptalo, nunca volveremos a ser buenos amigos como antes. No se trata de nosotros. Se trata que decidas si respetas la decisión de Dios y decides ser colaborador.

Eddie: (Entendiendo de que algo grave estaba sucediendo y que Yazmín solamente le había dicho una pizca. Era cierto que todos tenían algún tipo de mensaje o conexión menos él. El hecho de que Yolanda impidiera que le contaran y de que los ángeles estaban listos para una guerra mostraba que era algo serio). No sé cuál es el ajoro, ni qué diferencia da. De todos modos, todos somos condenados al exilio y luego al fuego eterno. Algunos lo disfrutarán y otros no. No hay mucha diferencia entre el infierno y lo que vivimos ahora en este mundo.

Eddie comenzó a tratar de desaparecer de la situación, pero le fue imposible. Luego los ángeles en el portal abrieron paso y surgió una luz blanca de entre ellos.

Antonio y otros Ángeles

Esa luz fue como una explosión hacia Eddie.

17 años más tarde:

Suena la alarma y Víctor abre sus ojos. Parpadea varias veces mirando el techo blanco y preguntándose si vale la pena levantarse de la cama. Es un joven huérfano de sangre latina que vive en un hogar temporero en el estado de Florida.

Susan: (Voluntaria ofreciendo su casa como hogar temporero para Víctor y otros dos niños menores) ¡Víctor Rodríguez despierta ya! Escuché la alarma. Prometiste que pasarías el examen SAT hoy. ¡Levántate!

Él se viste y se prepara rápido y antes de salir del cuarto se asoma al espejo con una mirada vacía pensando el porqué de otro día más.

Víctor: (Sonriendo y agarrándola como invitándola a bailar) ¡Buenos días Susana!

Susan: (Tratando de ocultar su sonrisa) Sabes que mi nombre es Susan.. Su..Saaaannn... Coge tus tostadas y vete para la escuela.

Víctor: (Haciendo saludo militar) ¡*Yes, Mrs. Susan*!

Ese día le tocaba cita con la trabajadora social de la escuela quien lleva años atendiéndolo y a quien Víctor respetaba bastante. Mrs. García es una mujer morena, alta, robusta, pero con curvas y bien proporcionada.

Mrs. García: ¿Has tenido algunas de tus pesadillas en esta semana? Veo que tu actitud ha mejorado.

Víctor: Las he tenido más que nunca, pero manejables.

Mrs. García: ¿Y has tenido alucinaciones?

Víctor: Pocas (Se queda pensativo). Antes las veía distante entre la gente, pero ahora las veo más de cerca y siento que son más reales.

Mrs. Garcia ¿Estás listo *for College*?

Víctor: Debo pasar el SAT *first*. Luego consideraré el *College*. Quizás podemos hablar de eso de aquí a dos años.

Mrs. García: (Con sonrisa y cara sospechosa) No vas a estar aquí *in 2 more years.*

Víctor: (Sonriendo) *So, maybe* nunca consideraré el *College*.

Mrs. Garcia: *Always a clever boy!* Mañana cumples tus 17 años así que pasa el examen SAT para que celebres bien tu *Birthday. See you next week Victor!*

Víctor sale de la oficina sonriendo y diciendo en voz baja "*College*, que chiste". Un chico que estaba sentado en la sala de espera de la oficina repite las palabras de Víctor "que chiste". Cuando Víctor lo mira sonriendo ve que la cara del muchacho se convierte en la de un monstruo con ojos rojos y dientes afilados. Víctor brinca del susto y se agarra de las barras de la pared detrás de él sin darle la espalda a la criatura. Solo duró segundos y la cara del joven volvió a lucir normal. Él continuó caminando como si se hubiese tropezado y nada hubiese pasado. Ya estaba acostumbrado a este tipo de visones. Mientras tanto, Mrs. García notó que algo raro le había sucedido a Víctor así que salió de su oficina, miró al joven sentado con algún tipo de sospecha y llamó a Víctor para que regresara. Víctor se puso sus audífonos y continuó caminando simulando que no la había escuchado. Cuando entró en su salón de clases se encontró con su amigo Kevin quien estaba sentado en una de las mesas del salón y lucía muy contento de verlo.

Kevin: *Hey Victor! My Man!* Recuerda que esta noche es el *party* y Sofía está loca de que vayas.

Víctor: (Aún un poco pálido) Ah!

Kevin: (Ya lo conoce bien y le pregunta bajito) ¿Estás bien? ¿Otra de tus visiones?

Víctor: (En voz baja) Si, ya sabes.

Kevin: ¿Te sientes bien? ¿Seguro?

Víctor: Sí

Kevin: *Ok!* (volvió a subir la voz y relajar con los amigos) ¡Hay *party*!

Víctor: Mañana hay clases. No me gusta cuando las fiestas son en semana. (riendo) Ya no hay respeto.

Kevin: No seas aguafiestas. Es el día que los padres de Sofía no están en la casa y ella te espera. (Burlándose abrazándose como si estuviera besando a alguien) ¡Víctor te amo! Ja,ja,ja.

Víctor: ¡No creo!

En ese momento entra el maestro y pide que se sienten, pero el relajo continuó por la tarde. Luego de clases Kevin acompañó a Víctor a sus prácticas de *soccer*.

Kevin: ¿De veras que no le harás caso a Sofía? Es la nena más famosa de la escuela y está bien buena.

Víctor: Sabes lo raro que soy, ya me conoces.

Kevin: (Riendo) ¿De veras que no eres *gay?* A la verdad que sí eres raro. Creo que por eso nunca te han adoptado. (Empujándolo sanamente) Y con ese historial médico tuyo menos.

Víctor: Sabes que no tengo mente para chicas ni me interesa que me adopten. Lo que sí quisiera es un buen doctor que me ayude con mis visiones y pesadillas. Viviendo como dependiente del gobierno nunca lo tendré. Ya pronto seré adulto y podré trabajar y pagarlo con mi dinero.

Kevin: Con todo y esas visiones sabes que estás bien. Desde que éramos *kids si*empre has sido bien maduro. Daría lo que fuera por tener tu vida. Eres el más famoso de la escuela, todos te adoran, eres el mejor en *soccer,* el más inteligente y (Gritando) las nenas te aman. ¿Qué más quieres? Algo malo debes tener, sino serías perfecto y eso sería aburrido.

Víctor: (Riendo) ¡Payaso! ¡Estás loco! Tu conseguiste que te adoptaran, tienes familia, celular y carro... ja,ja,ja.

Antonio y otros Ángeles

Kevin: Cierto, no podría vivir sin celular ni carro. No sé cómo tú lo haces.

Víctor: (riendo) Tengo mi *Ipod Nano*. El mejor regalo que me has dado en la vida. (Despeinándolo) Ups!, el único.

Kevin: Y porque ya no lo quería. Ja,ja,ja. (jugando de manos como si pelearan) ¡Te dejo! Disfruta tu *soccer*. Te busco en tu casa a las 9:00 pm.

Víctor: Ok. Te veo a la noche.

Llegaron juntos a la fiesta y Kevin dio unas cuantas vueltas frente a la casa alborotando con el carro y la música a todo volumen. Víctor estaba sentado en la ventana agarrándose del *roof rack* y cantando casi gritando.

Casi todos los de la fiesta salieron y cantaban mientras otros reían disfrutando el espectáculo. Al entrar, ya la casa estaba casi llena. Todos saludaban a Kevin y a Víctor. De veras que ambos eran bien queridos. La estaba pasando muy bien, bailando y jugando un poco. Algunos le ofrecían bebidas a Víctor, pero él se las daba a Kevin. Ambos sabían que a Víctor no le interesaban las bebidas alcohólicas porque ya bastante tenía con sus alucinaciones. Kevin les decía que se tenía que ganar el "pon", así que le tocaba ser el chofer designado.

Entrada la noche Sofía comenzó a coquetearle a Víctor quien respetuosamente hacía como si ignorara las intenciones de ella.

Le seguía la corriente contestándole sus preguntas como si no entendiera su coqueteo. Luego ella le pide que salgan a la piscina y él la sigue. Ella lo guió para detrás de unos arbustos y él se aguanta diciéndole que no le interesaba ir para allá porque la fiesta era adentro. En eso ella se vira y Víctor vuelve a tener una de sus visones viéndole la cara desfigurada como un monstruo. Él se espantó y comenzó a caminar de espaldas tratando de no voltearse a la criatura. Esta visión seguía intacta y él entró a la casa casi corriendo de espaldas y chocando con los que se cruzaban. Kevin lo vio y rápido supo que algo malo le pasaba.

Sofía lo perseguía y Kevin la paró. Víctor miraba a Kevin y le preguntaba si él veía lo que estaba viendo. Kevin le dijo que no y que tratara de calmarse. Kevin continuaba frente a Sofía sin dejarla pasar y le extrañaba la insistencia de esta. El no veía nada mal en su físico, pero si notaba una insistencia en su mirada además del raro comportamiento.

Kevin le decía a ella que se calmara, que se estaba rebajando y perdiendo el cache frente a todos. Pero ella seguía con la mirada fija en Víctor, quien continuaba viendo a un demonio tratando de alcanzarlo. Víctor le dijo a Kevin que se iba y que no la dejara que lo siguiera.

Cuando Víctor salió corriendo, Mrs. García le pidió que entrara en su carro. Víctor estaba un poco confuso de porqué ella estaba en esa fiesta y el porqué montarse con ella. Pero como estaba loco por salir de allí, pues aceptó y ambos se montaron en el auto a prisa.

Antonio y otros Ángeles

Mrs. García: (Rompiendo el hielo) ¿Tuviste otra visión verdad? Se te nota que esta fue peor.

Víctor: Sí, usualmente son tan rápidas que hasta dudo en lo que en realidad vi. Esta visión no paró. Era demasiado real. Gracias por ayudarme. Pero perdone la pregunta ¿Qué hacía usted en ese *party*?

Mrs. García: Eso no tiene importancia ahora. Dime ¿Qué estás sintiendo? ¿Qué estás pensando?

Víctor: Estoy super asustado. Pienso que *now I'm crazy*, porque eso no parecía una visión. Pienso que eso era real.

Cuando se pararon en un semáforo se les acercó un hombre hacia la ventana de Víctor y lo llamó por su nombre. Al Víctor mirar vio que era otro demonio.

Víctor: ¡Mrs. García! ¿Usted ve lo que yo estoy viendo?

Mrs. García acelera el carro para que el hombre no atrapara a Víctor. Mientras tanto, Víctor brinca al asiento de atrás tratando de huir del hombre. Luego que ella acelera, grita el nombre de Sebastián. En eso se aparece un hombre en el asiento de atrás al lado de Víctor quien brinca del susto pensando que era otro demonio.

Mrs. García: (Dirigiéndose a Sebastián) Necesito tu ayuda y cálmalo.

Sebastián: ¡Víctor no te asustes ni te preocupes! ¡Todo estará bien! Te aseguro que nada te pasará.

Víctor: ¿Quién eres tú? ¿Cómo apareciste de la nada?

Sebastián: Ya estaba aquí. No te asustes.

Víctor: Me van a llevar al manicomio. ¿Cuál es la nébula de ustedes?

En el próximo semáforo aparecieron tres demonios y Ms. García subió su mano hacia ellos lo cual hizo que se paralizaran y luego los tiró haciendo un gesto con su brazo.

Sebastián: ¿Qué haces frente a Víctor?

Mrs. García: Este no era el plan. Esto ya está fuera de control. (Dirigiéndose a Víctor) ¡Confía en mí! Estamos aquí para ayudarte.

En ese instante ella estacionó el carro y subió sus manos. De repente aparecieron en un llano a plena luz del día. Parecía otro país. Era un llano de grama verde clara rodeado de montañas y no se veía casas o civilización.

Mrs. García: *Tell me Víctor,* ¿qué estás pensando?

Víctor: Que ahora sí que me volví loco. ¿Por qué me sigues preguntando lo que pienso?

Mrs. García: No estás loco. *That was real.*

Sebastián: Lo vas a confundir más.

Mrs. García: (Dirigiéndose a Sebastián) Quizás sí es el momento. Él es humano y no sabemos lo que le pasa por esa mente. ¿Y si ya está preparado?

Antonio y otros Ángeles

Víctor: ¡Humano! Pues, ¿qué eran esos monstruos? ¿y qué son ustedes? ¿magos? ¿viajantes del futuro?

Mrs. García: Te aseguro que no son eso, ni extraterrestres como me habías dicho en una terapia.

Víctor: Pues son demonios.

Mrs. García: Correcto. Son ángeles caídos que aborrecen a los humanos.

Víctor: ¿Y tú qué eres?

Mrs. García: Soy algo similar. También soy un ángel caído, pero no hago el mal. (Pausa, esperando alguna otra pregunta) ¿Algo que quieras decir?

Víctor: (Confuso) Tengo miles de preguntas. ¿Por eso es que una vez me diste la asignación de investigar los demonios?

Mrs. García: ¡Si! Pero esa asignación era para que leyeras sobre todo lo que creías que eran las visiones. Para que te sintieras más seguro cuando las tuvieras. (Sonriendo) Tú fuiste el que escogiste leer de todas esas criaturas raras. Lo importante era que leyeras de los ángeles caídos y de dónde surgieron los demonios. Así estarías preparado para este momento.

Mrs. García: (dirigiéndose a Sebastián) Él aún no sabe nada. ¿Qué está pasando aquí?

Sebastián: Aún no es el momento. No tengo nuevas instrucciones. Tendremos que lidiar con la situación como mejor creamos.

Víctor: (Parándose entre ellos) Yo estoy aquí. Me pueden decir ¿qué se supone que yo sepa? ¿para qué me estaban preparando? ¿Qué está pasando?

Sebastián: Sólo te puedo decir que no es el momento. Ya pronto entenderás, pero por ahora no te podemos contestar esas preguntas.

Mrs. García: (Le dice a Sebastián) ¿Qué hacemos?

Sebastián: Creo que debemos regresar. Que Víctor vuelva a su vida normal y que estemos pendientes para cuidarlo.

Mrs. García: Será demasiado de peligroso.

Sebastián: Pero debemos hacerlo. No tenemos instrucciones de sacarlo de su vida y nada ha cambiado en él. Quizás falta que experimente algo que aún no ha vivido.

Víctor: ¿Sacarme de mi vida? ¿Ustedes también me quieren matar? ¿Qué pasó aquí? ¿Se supone que yo muriera y voy para el infierno? ¿Y los demonios ya me quieren allá en el infierno? Yo no soy tan malo. Les aseguro que soy un muchacho bueno. (Dando vueltas nervioso) Mierda... Hasta soy virgen. No tengo vicios.

Mrs. García y Sebastián tratando de aguantar la risa mientras él seguía caminando de un lado al otro diciendo todo lo bueno que había hecho en su vida.

Sebastián: (Aun riendo) Cálmate, que no tiene que ver nada con eso.

Antonio y otros Ángeles

Mrs. García: (Riendo a carcajadas le dice a Sebastián) Hasta tierno se ve. Déjalo que siga. Nunca imaginé ver esto. ¡Sigue Víctor, sigue!

Sebastián: (sonriendo) Ya fue suficiente.

Sebastián subió sus brazos y aparecieron en el cuarto de Víctor. Allí Víctor tratando de lucir valiente se acerca al closet del cuarto.

Víctor: No es que sea una gallina, pero ¿qué se supone que yo haga? ¿Me meto al closet? O si me van a enseñar a pelear pues yo lo intentaré. ¿Cuál es el plan?

Sebastián: Solo continúa con tu vida normal y nosotros cuidaremos de tí. Ya es tarde, puedes dormir tranquilo.

Víctor: ¿Dormir tranquilo? ¿Es broma verdad? Eso es imposible. (Abriendo sus ojos bien grandes) Hay demonios reales que me quieren matar.

Sebastián y García cruzaron miradas.

Mrs. García: ¡Buena idea! Buscaré refuerzos. Víctor, confía en nosotros, puedes dormir tranquilo.

Víctor: ¿De qué me perdí?

Sebastián: Nosotros no podemos leer tu mente, pero si podemos hacerlo entre nosotros. Pensé que necesitamos apoyo de ángeles colaboradores y García estuvo de acuerdo. Colaboradores son otros ángeles como Mrs. García. Puedes estar tranquilo, nosotros sabemos cuándo hay peligro. También tenemos conexión con los demonios ya que ellos también son ángeles. Además, Dios tiene el control y no puedo contarte nada, pero sé que no permitirá que nada te pase. Sebastián se mantuvo en silencio por unos segundos dejando que Víctor procesara todo y se calmara. Luego para animar el ambiente, levantando la palma de su mano le presenta una taza de chocolate caliente.

Sebastián: Sé que esto te calmará. La leche tibia te ayuda a dormir bien y mejor si es con chocolate Cortés, tu favorito. (Luego riendo desaparece la taza) Primero date un baño con agua tibia porque quizás hoy manchaste tus calzones del miedo ja,ja,ja...

Víctor: (Sonriendo) ¡Que cómico! ¿Estás seguro de que eres un ángel bueno? (Mirándolo de reojo vuelve a reír)

Sebastián: Te lo aseguro. El tener buen sentido del humor me hace doblemente bueno. Tú mejor que nadie sabes eso. Eres un charlatán, pero eres un buen hombre. Puedes darte el baño y te aseguro que hoy el agua saldrá tibia. Luego te doy el chocolate con todo y *whip cream.*

Víctor: ¿De veras el agua estará tibia? (riendo) Oh... ahora sí creo que eres bueno.

Esa noche Víctor durmió como un bebé. El cuarto estaba perfumado con un aroma suave a flores y la temperatura era perfecta. A la mañana siguiente, al Víctor despertar, vio que Sebastián aún estaba parado al pie de la cama.

Antonio y otros Ángeles

Víctor: (Un poco desorientado) Oh... (Se sentó acomodándose tan rápido como pudo) Una mezcla de susto y alegría al verle ahí parado. ¡Buenos días!

Sebastián: ¡Buenos días, Víctor (Burlonamente) ¡Hoy hay clases!

Víctor: Eso no es forma de levantar a nadie. Siento que ahhh... olvídalo. (pensativo) No creo que deba ir a la escuela.

Sebastián: No seas cobarde. Dormiste como un bebé. No te pasó nada y de noche es cuando más peligro corres.

Víctor: ¿Qué? ¿Ahora me lo dices?

Sebastián: Deberías haber aprendido que lo maligno prefiere la oscuridad y la noche.

Víctor: Ok ¿Y cómo haremos para que entres a los salones conmigo?

Sebastián: Yo estaré contigo en todo momento, pero solamente tú podrás verme así que no me hables porque parecerás loco. Habrá otros ángeles también al igual que ahora hay algunos aquí y en alrededores de la casa, pero no los verás.

Víctor: ¿Hay ángeles aquí ahora mismo?

Sebastián: ¡Sí! Te dije que García buscaría refuerzos. (Víctor mirando a todos lados) No los puedes ver. ¿Por qué te sorprendes?

Víctor: Dijiste que no podías leer mi mente.

Sebastián: Pero si puedo ver tus gestos. **Ningún ángel puede leer tu mente, ni siquiera Lucifer. Sólo el Creador. Pero recuerda que somo seres sobrenaturales, observadores y somos súper dotados por lo que podemos evaluar los gestos, temperaturas de los cuerpos, los gustos y el físico... En fin... muchas veces acertamos con lo que los hombres sienten. Nos dejamos ver sólo cuando es necesario y cuando el Creador lo permite. Nada sucede sin su permiso. Podemos tomar el cuerpo de cualquier nacionalidad y lengua. Al igual te digo que los ángeles del mal son igual de sagaces y están en todos lados evaluándote. Te conocen mejor de lo que crees.**

Víctor: ¿Y crees que volverán a atacarme?

Sebastián: ¡No lo creo! Ya saben que todos estamos alertas y se supone que no abunde en esto. Para que te sientas tranquilo, tenemos hasta ángeles del mal velando por ti. Todos sabemos que no podemos ir sobre lo estipulado por Dios. Los que actuaron mal ayer solo fueron unos pocos.

Víctor: Pero explícame ¿Por qué a mí?

Sebastián: Solo te puedo asegurar que estarás bien. Ahora arréglate que hoy es tu cumpleaños. ¡A celebrar!

Víctor: ¡Hoy cumplo 17! ¡Gracias! Ya lo había olvidado.

De camino a la escuela todo estaba en calma.

Sebastián: Te noto un poco triste. ¿Esperabas que tu madre temporera se acordara de tu cumpleaños?

Antonio y otros Ángeles

Víctor: Ella no es mi madre temporera. Es mi cuidadora. A la verdad que no lo esperaba de ella. Ya llevo como tres años con ella y nunca se ha acordado. No me quejo de ella. Ha hecho bien su trabajo conmigo y los otros chicos. Nos ha dado techo y comida. Ha sido la mejor en todos estos años.

Sebastián: ¡Es cierto! Ella es una buena persona. Tiene mucho en sus manos y lo poco que te ha dado lo ha hecho con amor. Pudiste haberle recordado ayer y de seguro te levantaba con felicitaciones.

Víctor: No quisiera que crea que se lo digo porque espero algo. Después se incomoda y trata de incurrir en gastos que no puede costear.

Sebastián: Te entiendo perfectamente. Eres un buen chico. Así que ánimo porque es tu cumpleaños. (Ambos sonrieron) ¡Disfruta tu día! Como has visto, todo está en orden y estaremos contigo. Si ves alguna visión, sigue tranquilo. Recuerda que ellos están en todos lados, pero no te van a atacar.

Toda la mañana fluyó bien. Inclusive mejor que lo esperado ya que Sebastián les hacía maldades sanas a los maestros, tumbándole papeles, haciendo que les sonara las alarmas de los celulares y otras boberías. Una de las mejores era ver a Sebastián bailando alrededor de los maestros como si ellos bailaran con él. Víctor se disfrutaba cada payasada. Tanto así que casi olvidaba el peligro que corría. Se sentía seguro con Sebastián a su lado. En la hora de almuerzo Sebastián le pidió que fueran a los *bleachers* para alejarse un poco del bullicio del comedor.

Sebastián: Sé que te gusta venir a estos *bleachers* cuando te sientes cargado. Espero no te moleste que te pidiera que viniéramos para acá. Es que así estamos más alertas. No te has dado cuenta, pero no estamos tan seguros como pensaba.

En eso llega Mrs. García.

Víctor: ¡Hola Lisa!

Ms. García: (Seria) ¡No soy Lisa! Sigo siendo Mrs. García para ti. *Happy Birthday*, Víctor Rodríguez! (Dirigiéndose a Sebastián) Esto no está bien y estamos poniendo en peligro a los jóvenes de esta escuela si esto se nos sale de las manos.

Sebastián: ¡Me di cuenta! Creo que nos debemos de ir a tu casa de campo. Allí no pondremos a nadie en peligro.

Mrs. García: ¡Buena idea! ¡Vamos!

Víctor: ¿Casa de campo? ¿A dónde me llevan? Susan se va a preocupar por mí.

Sebastián: Nos haremos cargo. Uno de nosotros le mostrará algunos papeles del Departamento de la Familia sobre una relocalización temporera. Créeme que sabremos manejarlo.

Mrs. García subió sus manos como para transportarlos, pero Sebastián la paró.

Mrs. García: *What?* ¿Por qué me paras?

Antonio y otros Ángeles

Sebastián: Creo que debemos de tratar de ir en carro. Recuerda que él debe de seguir con su vida normal. No hemos recibido nuevas reglas.

Mrs. García: Entiendo.

Se montan los tres en el carro.

Víctor: Seba, yo voy adelante.

Sebastián: ¿Qué es eso de Seba? ¡Me gusta! Los dos vamos atrás. Es mejor que te tenga de cerca. Y te aviso que yo escogeré la música. Al fin no tengo que aguantar la que tú escuchas. No muy buena.

Víctor: ¿Mi música no muy buena?

Seba: (Sonriendo y haciendo como si bailara como *zombie*) ¡Si, esa!

Víctor: (Se rindió riendo de sus gestos y le dice a Mrs. García) ¿Cómo lo soportas?

Mrs. García: Si supieras que es uno de los mejores. (Mirándolo por el retrovisor le tira una guiñada)

Se pararon en una gasolinera para llenar el tanque y para comprarle picadera a Víctor para el largo viaje. Al bajarse Seba continuaba escuchando salsa y se bajó a bailar la canción.

Víctor: ¿Cómo es que un ángel sabe tanto de salsa?

Seba: Gracias a mi amigo puertorriqueño, Hilario. Es un salsero entregao', como él le dice. ¡Tremendo hombre!

Tu tienes descendencia latina, deberías honrar tus raíces y saber de este tipo de música.

Víctor: No es para tanto.

Seba: Sé que sientes que no perteneces a ningún lugar. De todos modos, eres un poco trinco y no te saldría este *swing* (Seba continúa bailando y ambos rien entrando al establecimiento).

Víctor: ¿Puedo coger de todo de lo que quiera?

Seba: (Abriendo sus manos) Casi todo de lo que hay aquí le hace daño a tu cuerpo. Muchos manufacturadores duermen tranquilos echándole la responsabilidad a otro compañero. (Bajando la voz) Pero todos corren con la misma culpa. **Si permites algo, eres tan culpable como el que lo hace.** ¡Anda! Coge de lo que quieras. (Se movió para la caja registradora a esperarlo)

Víctor: (Sonriendo) ¡Como sea, me encanta todo!

En la tienda se comenzaron a caer las góndolas y la mercancía a regarse por todos lados.

Víctor: ¡Un terremoto!

Seba: (Tomó unas pocas cosas y le dio dinero al cajero) ¡Es peor que eso! ¡Vámonos!

Ambos subieron al auto y ya Mrs. García estaba al volante esperándolos. Arrancaron pensando que habían dejado el peligro atrás, pero a los pocos minutos sintieron una vibración en el auto. Se escuchaba un fuerte estruendo y comenzaron a ver árboles cayendo a ambos lados de la calle por detrás de ellos. Lo que fuera que lo ocasionaba, se iba acercando cada vez más. Parecía como si un gigante invisible fuera aplastándolo todo y ya casi los alcanzaba.

Mrs. García: Estamos poniendo vidas en peligro.

Seba: Es hora de tu idea. (Subió las manos y desaparecieron con todo y auto)

Una pareja que iba en el auto detrás de ellos se quedó extrañada. El esposo le pregunta a la mujer ¿No estábamos detrás de un carro blanco? No creo. ¡Olvídalo! Todo volvió a la normalidad a ese pueblo como si nada hubiese ocurrido. Los árboles a su lugar como si nunca hubiesen sido tocados. El auto apareció frente a una hermosa casa de campo. Víctor abrió la puerta y salió corriendo, pero Seba subió su mano y lo trajo rápidamente de vuelta al auto.

Seba: No te separes de nosotros. El mejor lugar es a mi lado.

Víctor: ¿Y cómo puedo creerte? ¿Eres el súper ángel más poderoso?

Mrs. García: ¡Más respeto Víctor! ¿No te has dado cuenta que Seba es tu ángel guardián? Nadie mejor que él para desear lo mejor para ti, porque tú eres su responsabilidad.

Víctor se quedó pasmado y comprendió el porqué Seba lo conocía tan bien. Seba y Mrs. García se quedaron en silencio mirándose como en un tipo de conversación mental y Víctor se estaba desesperando. Se escuchaban ruidos en el bosque, zumbidos y movimientos exagerados en los arbustos.

Víctor: ¿Qué está pasando? ¿Qué va a pasar? ¿Por qué Dios no les dice que ya me cuenten?

De pronto todo se calmó

Seba: Ya está todo de vuelta a la normalidad. *¡Te dije que confiaras! (Eclesiastés 3:1) Hay un tiempo para cada cosa, y un momento para hacerla en la tierra.* Además, no vuelvas a expresarte así. **Nosotros no le exigimos nada a Dios. Sabemos que Él es el único que lo sabe todo, el Creador y el Poder.**

Víctor: ¿El poder de qué?

Seba: ¡El Poder de todo! *(Mateo 10:28-30)* **Entonces no teman, pues hasta los cabellos de sus cabezas están contados. El poder de hacer y deshacer. De conocer y amar infinitamente a cada ser creado. Para que lo entiendas mejor, somos su ejército y le obedecemos.**

Mrs. García: Creo que de todos modos nos debemos quedar hoy aquí. Víctor ha tenido un día largo y ya Susan *había* sido avisada que él había sido cambiado de hogar temporeramente.

Seba: Creo que es lo mejor. ¿Qué opinas Víctor?

Víctor: Me parece bien.

Entraron a la cabaña y ya estaba atardeciendo. La entrada tenía un recibidor con jardín interior. La sala era

Antonio y otros Ángeles

en forma redonda con ventanas de piso a techo y vista a un lago con un muelle pequeño. Mrs. García encendió la chimenea con solo señalarla.

Mrs. García: Víctor, siéntete cómodo como si fuera tu casa. Ve a darte un baño. Tu cuarto está subiendo las escaleras, la segunda puerta a la izquierda.

Víctor: ¿Tengo un cuarto?

Seba: Si. Y ya te acomodé un poco de tu ropa en las gavetas y el closet.

Víctor: ¡Esto está brutal! (dando vueltas mirando el techo, la escalera y las ventanas) Mrs. García, tu casa me encanta. Viviría aquí por siempre. ¡Es preciosa!

García volteo para ver la cara de asombro de Víctor. Ella miró a Seba sonriendo y volvió a mirar a Víctor.

Mrs. García: ¡Eres tierno! ¡Gracias chico! Una vez tuve un gran amigo que dijo exactamente lo mismo cuando vino por primera vez. (le tiró una guiñada y le dijo tiernamente) ¡Puedes llamarme Lisa!

Víctor subió rápido las escaleras para ver su cuarto y quedó asombrado con lo espacioso y por tener su propio baño. Rápido entró en el baño y comenzó a quitarse la camisa, cuando de repente nota que Seba estaba detrás de él.

Víctor: ¡Ajá! Que susto me has dado. Te puedes quedar allá abajo con Lisa.

Seba: ¿Se te olvida que no puedo dejarte solo? Soy tu ángel guardián. Como si nunca te hubiese visto desnudo. Llevo 17 años viéndote bañar.

Víctor: (Lo interrumpe haciendo muecas de desagrado con los ojos cerrados) Shhhh... ¡*Mental picture!* Nooo...

Seba: (Riendo) ¡Ok! Te esperaré en el cuarto mientras te bañas en privado POR PRIMERA VEZ (aun riendo se desaparece)

Víctor: ¿Dónde estás? No hagas trampa.

Seba: (Voz proviniendo del cuarto al otro lado de la puerta) Estoy en el cuarto. Báñate bien y no olvides que la cara es parte del cuerpo. (Riendo) Siempre se te olvida lavártela.

Víctor vuelve a hacer muecas visualizando que Seba lo veía mientras él se bañaba. Prendió la ducha y comenzó a bañarse un poco incómodo y a cada ratito le preguntaba a Seba si seguía en el cuarto para asegurase que estaba solo. Al terminar de bañarse mientras se secaba volvió a preguntarle y en el espejo empañado apareció escrito "Estoy Aquí".

Víctor: Aaaa... ¿Me quieres matar de un susto?

Seba: (Riéndose se aparece en el baño) No rompí ninguna regla. Ya te bañaste y no dijiste que era hasta que te vistieras.

Víctor: ¡Qué falta de respeto! (moviendo las manos como un loco tratando de hablar) Tú estás acostumbrado a esto, pero yo no. ¡Dame tiempo!

Antonio y otros Ángeles

Seba volvió a desaparecer.

Víctor: Así no funciona. Quizás sigues aquí.

Seba: (Volvió a aparecer riendo y Víctor brincó del susto) Pues dígame las nuevas reglas amo.

Víctor: (Volvió a mover la mano derecha como si estuviera hablando, pero no lograba descifrar lo que quería decir) ¡No sé! Será poco a poco. Por ahora vuelve a salir del baño hasta que yo abra la puerta, lo cual en el mundo normal significa que acabé.

Seba le da varias palmaditas en la cabeza a Víctor haciendo un gesto como de niño bueno y sale del baño.

Más tarde en la noche Lisa le tenía preparado un plato de comida a Víctor y luego se sentaron en la sala frente a la chimenea.

Víctor: (mirando en silencio a Lisa y luego le dice) Siempre has sido tan buena conmigo. No creo justo que seas un ángel condenado.

Lisa: **En la vida hay que tomar decisiones y luego asumir las consecuencias de estas.** Aun cuando luego te des cuenta que no fue la correcta. (Todos en silencio doloroso)

Víctor: ¿En qué estado estamos?

Lisa: En North Carolina.

Víctor: *Wow*! Nunca había salido de Florida. Sabes, siempre he soñado con visitar New York. Si quieres mañana me puedes llevar a verlo.

Lisa: Ayer te llevé a Francia. Recuerdas el valle hermoso, eso era Francia. Hoy North Carolina y mañana New York. De trabajadora social a guarda espaldas y ahora guía turístico. (Todos rieron)

Seba: De tantos estados, ¿escoges New York?

Víctor: Sí. Me encantan las fotos de los letreros gigantes y saber que hay muchas personas y mucha vida.

Lisa y Seba se miraban quizás en algún tipo de conversación.

Víctor: Este chocolate caliente está delicioso. ¿Ustedes no comen ni beben nada?

Lisa: No lo necesitamos. Somos seres espirituales y estos cuerpos son solo fachada. Pero vamos a compartir contigo (En eso le aparecieron unas tazas para ellos).

Víctor: ¡Salud!

Seba y Lisa: ¡Salud!

Luego de unos minutos de silencio

Seba: ¿Pensando en Kevin?

Víctor: Sí. ¿Cómo sabes?

Seba: ¡Salud! Eso ustedes lo hacen mucho y sé que ustedes comparten todas las tardes.

Víctor: Creo que debe de estar preocupado por lo de anoche en la fiesta y luego hoy que es el primer cumpleaños que no lo celebro con él.

Antonio y otros Ángeles

Seba: Podemos ir a darle una corta visita. ¿Qué crees? De regalo de cumpleaños.

Víctor: (Muy alegre) Por supuesto.

Víctor se apareció en el cuarto de Kevin como si hubiese entrado por la ventana.

Kevin: Loco ¿dónde estabas? Me tenías preocupado. Definitivamente que tendré que antojarme de un celular nuevo para regalarte este. No puedes estar desconectado del mundo. Necesito poder llamarte mi hermano (Riendo le cambia la cara de susto a una de alivio). ¿Cómo estás? ¿Qué te pasó?

Víctor: Voy a estar en un tratamiento porque las visiones están empeorando. Solamente vine a despedirme porque no sé si serán por algunos días o si sea internado. Solo quería que supieras que estoy bien y te mantendré al tanto.

Kevin: *Wow*! mano. (Con ojos llorosos) Todo sea para bien.

Víctor: ¡Si mi hermano! ¡Estaré bien! Sabes que esto era lo que quería hace tiempo, un buen tratamiento. Al fin creo que me ayudarán a que estas visiones acaben. (Se abrazaron)

Kevin: Te noto nervioso. ¿De veras estás bien?

Víctor: Créeme que sí estoy nervioso, pero será para bien. Además, acabo de subir por la ventana. Sabes cuántos años llevaba que no entraba a tu cuanto a escondida de tus padres. (Ambos riendo)

Kevin: Si. ¡Eso pensé!

Víctor: Me tengo que ir. Vine a despedirme y para que supieras que todo está bien.

Kevin: ¡Gracias! Me hubiese vuelto loco si no venías. Ya hasta estaba pensando mal de Susan (Riendo). Pensaba ir a la policía.

Se despidieron y Víctor salió al pasillo y de ahí se fueron apareciendo en la sala de Lisa. Kevin salió para darle el regalo de cumpleaños, pero no lo vio en el pasillo. Se asomó por la escalera, pero ya no estaba.

Víctor: (Le dijo a Lisa y Seba) ¡Gracias! En este momento me siento seguro y en paz.

Lisa: Eso es gracias a Seba. Él se encarga de cuidarle y calmar tus emociones, si se lo permites.

Víctor: (Riendo) Ahora, pero no esta tarde en el baño.

Seba: Eso fue para que nos divirtiéramos un rato. Tu y yo tenemos algunas cualidades similares. El vacilar nos relaja. Somos seres completamente diferentes porque esto que ves es solo para que te sientas cómodo, pero sí tenemos algunas cosas en común.

Víctor: ¿Y cómo son ustedes en realidad? ¿Son gigantes? Me gustaría verlos. ¿Se puede?

Seba: Hoy no. Quizás otro día.

Seba y Lisa se miraron y sonrieron.

Antonio y otros Ángeles

Víctor: Siento que cada vez que se miran están hablando secretos y eso es mala educación. (Ellos rieron)

Víctor: Lo acaban de volver a hacer. Acaben y díganme de qué hablan.

Lisa: Pensé que fue curioso que dijeras ¿Cómo son ustedes?

Seba: (Nervioso) Porque somos diferentes, ella es ángel de ejército y yo ángel guardián. No es que hablemos a tus espaldas. Es que podemos saber lo que el otro piensa. Ella no me lo dijo a mí, pero supe lo que pensaba.

Víctor: ¿Ella no puede bloquear lo que piensa?

Ellos se miraron

Seba: No hace falta. Te explico más sencillo. *Es como si todos los seres espirituales estuviéramos en una red cibernética y los pensamientos fueran textos que todos leen. A veces puedo ignorar algún mensaje de algún ser, pero como estamos juntos, pues es un poco inevitable. Dios es la red y estamos en diferentes chats o sintonías donde Él decide lo que podemos saber. Él es el único que lo sabe todo. Hasta lo que cada ser humano piensa.*

Seba: Ya es hora de dormir. Debes descansar si mañana quieres ir a New York.

Víctor: ¿De veras? Woohoo... Pues claro que me acostaré tranquilito.

En el cuarto Víctor ya estaba acostado, pero no conseguía dormir.

Víctor: Estoy emocionado que al fin voy para NYC. Nunca había salido de Florida y ya estoy hecho un turista.

Seba: No quiero arruinarte tu emoción, pero te advierto que New York City es una de las ciudades con más demonios. Iremos para que "turistees", pero también para averiguar lo que te está atrayendo a NYC.

Víctor: ¿Qué me puede estar atrayendo? Ahora sí que no puedo dormir.

Seba: Era solo para que estés alerta. Duerme tranquilo que yo estoy aquí.

Víctor: ¡Eso también! Estás aquí, pero mirándome. Por favor voltea a mirar por la ventana porque no me acostumbro a sentir que alguien me mira mientras duermo.

Seba: (Se ríe y se vira a la ventana) ¡Ok! Otra nueva regla.

Víctor: (Tratando de arreglarlo) No lo cojas como regla. Estoy agradecido de que me veles y estés aquí, pero no me mires fijo en lo que me duermo. Luego si, solamente en lo que me duermo.

Seba: (Sonriendo) No te preocupes. Te entiendo perfectamente. Recuerda que te conozco mejor que nadie.

Antonio y otros Ángeles

Al otro día por la mañana Lisa le tenía servido un gran desayuno a Víctor. Ellos bebían jugo de frutas en lo que Víctor comía.

Lisa: ¿Qué opinas? ¿Nos damos el viaje en auto hasta NYC o solo nos aparecemos allá?

Víctor: Ahorrémonos el viaje para no perder tiempo y que no se les ocurra a algunos demonios dañarnos los planes.

Lisa: (Contenta) ¡Muy bien! ¡Piensas como yo! Seba está más acostumbrado a la lentitud de los humanos, pero yo no. Tan pronto acabes nos vamos. A mí también me encanta NYC.

Al llegar a *New York City* se aparecieron en el tope del *Empire State Building*. Víctor quedó fascinado mirando la ciudad desde arriba.

Víctor: *Wow*! ¡Al fin en NYC!

Lisa: (estirando los brazos) ¡Sí! ¡Al fin en casa! Extrañaba esta ciudad y el ruido. Tanto trabajo que hay aquí y yo tantos años allá en Florida.

En eso se le acercan dos hombres elegantemente vestidos.

Rufino: *Wow*! El gran... (pausa mirando a Lisa como si ella le hablara) ah sí, Víctor. Por fin te dignas a visitarnos. Perdona que no te visitara en Florida, pero ese calor es infernal. (Ambos rieron burlonamente) (dirigiéndose a Lisa) No vine a dar problemas. Solo vine a saludar y decirte que también me alegra verte a ti. (En ese momento se desaparecieron)

Víctor: (Dirigiéndose a Lisa) ¿Y eso? ¿Estoy en peligro? Acabamos de llegar y no he visto nada. No me quiero ir tan rápido.

Seba: ¡Todo bien! No nos vamos aún. Disfruta la vista.

Víctor se alejó un poco para continuar disfrutando de la vista.

Lisa: (No muy contenta) No vinimos a turistear.

Seba: ¿Se te olvida que él aún es Víctor? Él está notando unas cosas conocidas y hasta está cambiando su forma de hablar. ¡Todo a su tiempo!

Lisa: (Dirigiéndose a Víctor) Te llevaré a tu lugar favorito.

Seba: (Dirigiéndose a Lisa) ¡Él es Víctor!

De repente aparecieron en el centro de Times Square.

Víctor: (Emocionado dando vuelta con los brazos abiertos) No lo puedo creer, estoy aquí. ¡Siento que estoy en el centro del mundo, de la energía... wow! impresionante...

Lisa: (Tapándose la cara) Esto no es lo que esperaba. Otro turista más.

Víctor: Vamos a caminar. (Le dice a Seba) ¿Qué le pasa a Lisa?

Seba: Le recuerdas un gran amigo al que extraña.

Antonio y otros Ángeles

Víctor comenzó a caminar entre el bullicio. Notó que algunos lo miraban cuando le pasaban por el lado. Algunos hasta lo saludaban o le sonreían.

Víctor: O soy yo o es que la gente de NYC es amistosa.

Lisa: Lo estamos dejando que haga el ridículo. ¿Qué dirá Eddie de todo esto?

Seba: (la mira en forma discreta) Estemos alerta.

Víctor comienza a notar que algunos lo miran mal y cada vez eran menos las sonrisas.

Víctor: Creo que algo no anda bien.

En eso Seba lo abraza. Víctor sintió como si unas inmensas alas lo abrazaban de tal manera que lo cubrían de cuerpo entero como en un capullo. Solo veía todo blanco como si estuviera dentro de una brillante luz blanca. Él cerraba y abría los ojos, pero todo era blanco. Escuchaba ruidos de pelea muy cerca. Escuchaba quejidos y golpes por todos lados como si fuera un motín entre muchas personas. De pronto fue soltado y todo estaba de vuelta a la normalidad. Las personas continuaban caminando como si nada hubiese pasado.

Seba: Todo está bien.

Víctor: ¿Qué pasó?

Seba: Hay algunos demonios que le decimos los rabiosos porque se han sumergido tanto en el mal que ya son casi como animales salvajes dejándose llevar por el instinto. Pero mientras más salvajes, más pierden la sabiduría. Así que no son tan peligrosos porque ya no saben ni luchar. Además, Lisa es una de las mejores guerreras.

Lisa: Y tú, como que estás de vacaciones.

Seba: Bastante he peleado en estos 17 años. (Abrazando a Víctor y riendo) Estamos de turistas y tú eres nuestro guía.

Víctor: (Un poco preocupado) Pero la debes ayudar.

Lisa: Estamos bromeando. Para esto fui creada, soy ángel soldado. Esto es lo mío y lo extrañaba.

Seba: (a Víctor) ¿Qué quieres ver ahora?

De repente Seba y Lisa se miran y se paran en forma de alerta hacia el sur como si miraran algo espantoso.

Víctor: ¿Qué pasa?

Seba: (a Lisa) El aún es humano, él es mortal.

Ambos subieron las manos como deteniendo algo grande.

Víctor: Quiero ver lo que pasa.

Seba: Tu no deseas ver la realidad del mundo. Es mejor para ti.

Víctor: (Con gran seguridad y angustia) Si quiero. ¡Déjame ver!

Seba lo mira y es como si se le saliera una venda de los ojos y que entrara a otra dimensión.

Antonio y otros Ángeles

Se veía la misma gente caminando como si desconocieran la cantidad de demonios y ángeles peleando unos con otros. Algunas personas caminaban sin sentir que tenían demonios enganchados de ellos diciéndole barbaridades, criticándolos y mofándose de ellos. Continuaban como si nada les afectara. Por lo menos eso era lo que aparentaban en el exterior. Sólo ellos y Dios saben qué tipo de batalla lleva cada cual en su interior.

Lo que Seba y Lisa aguantaban era una montaña de bestias que parecían una mezcla de perros y dragones que querían llegar hasta ellos. Lisa era en realidad una mujer morena delgada, alta y musculosa. Ella lo miró con ternura y le pidió a Seba que se lo llevara. De repente ella se transformó en una criatura majestuosa con gigantes alas y armadura dorada. Seba era una criatura parecida, pero de menor tamaño y con diferente vestidura. De repente aparecieron en un prado verde.

Víctor: ¿Qué pasó? ¿Dónde está Lisa?

Seba: Estamos en Central Park. Lisa viene ya mismo.

En pocos minutos llega Lisa, pero no con la apariencia de Mrs. García, sino como la joven alta.

Lisa: Por lo visto ya no necesito el disfraz de Mrs. García.

Víctor: (Un poco sorprendido) No.

Lisa: (Le dice a Víctor) Me puedes llamar Yolanda. Ese es mi verdadero nombre. (a Seba) ¿Él pidió esto?

Seba: Si. Fue él. Dios se lo concedió a él.

Víctor: Eso fue espantoso. Parecía el fin del mundo.

Yolanda: Son muchos los ángeles que rodean los humanos continuamente. (2 Reyes 6:16) Eso es el mundo real en todos lados. Una continua lucha del mal y el bien. A veces ganamos batallas, pero el que decide es el ser humano. Si peca significa que por más que ganemos algunas batallas, no sirvió de mucho.

Seba: Los rabiosos sí estaban solamente por ti. Las otras guerras eran por otras personas. Has llamado mucho la atención de esos perros. No me gusta para nada. Pero viendo el lado positivo, la criminalidad ha disminuido en varias partes del mundo. Muchos están enfocados en ti. Has logrado el bien indirectamente. Matrimonios se han reconciliado y hay paz en algunos hogares.

Yolanda: ¡Es cierto! (mirando a Seba) Esa es una de las partes de la leyenda. "El fin se acerca cuando el bien reine en naciones"

Víctor: (Asustado) ¡El fin! ¿Se va a acabar el mundo?

Seba: ¡No! Solo El Creador sabe el día y si en realidad habrá un fin a su creación. Es solo el fin de una de las etapas. Puede que el gran fin sea en siglos, pero sí deben surgir unas etapas primero.

Yolanda: Bueno, ya estás en Central Park. Has visto bastante de la Gran Manzana.

Víctor: Central Park es enorme, nos podemos tardar todo el día en solo ver esto completo.

Antonio y otros Ángeles

Yolanda: Qué tal si te doy unas vueltas desde lo alto para que lo veas más rápido. (Dirigiéndose a Seba) Si me lo permites. Me gustaría llevarlo yo. ¡Soy la guía!

Seba: ¡Claro, vamos!

Yolanda lo tomó en sus brazos y transformándose en ángel, junto a Seba, lo llevaron por diferentes áreas de Central Park. Víctor pidió ver más, así que lo llevaron a diferentes partes de NYC. Luego pararon a ver el atardecer en el techo del Marriott Pulse dónde está *Top of the Strand Rooftop Bar and Restaurant*.

Yolanda: Esta es una de las mejores vistas.

Víctor: Nadie podía vernos. ¿Cierto?

Yolanda: No. Ese momento era solamente tuyo.

Telepáticamente Yolanda le decía a Seba: ¡Míralo! Luce tan inocente viendo el mundo de fantasía, ignorando el dolor y las guerras. Siento que había perdido a mi amigo y lo he vuelto a recuperar.

Víctor: (Admirando el paisaje del atardecer, viendo como las luces de la ciudad comenzaban a aparecer) Me siento como en casa. No me quisiera ir de aquí. Solamente falta Kevin y ya.

Yolanda: (Le hecha el brazo) Tremenda vista ¿Verdad? Admiro que siempre has sido fiel a tus amigos.

Víctor: (Sonriendo) ¿Y tú de repente tan amable conmigo, Mrs. García?

Yolanda: (Sonriendo) Siempre he sido buena contigo. Es que tengo que ser un poco fuerte para que te endereces.

Víctor se desbalancea recordando momentos de Yolanda aconsejándolo como Mrs. García, y otras visiones de su pasado como Yolanda. Visiones de cuando él era Eddie. Yolanda y Seba preocupados le preguntaban que si se encontraba bien.

Yolanda: (Telepáticamente le dice a Seba) Estoy sintiendo conexión y sus visiones no soy yo la que las está provocando. Creo que está recordando.

Luego ellos comenzaron a escuchar los pensamientos de Víctor.

Víctor: (Pensando para sí) ¿Qué está pasando?

Seba: (Contestándole telepáticamente) Todo está bien. ¡Cálmate!

Víctor: Todas estas voces en mi mente. ¿Qué pasa?

Seba: (Le dice a Yolanda) ¡Ha llegado el momento! Vámonos a un lugar seguro.

Yolanda: Vamos a Central Park. A esta hora es el lugar donde hay menos persona que corran peligro. Ayúdalo en el proceso.

Rápidamente se aparecieron en Central Park en unos bancos.

Seba: Siéntate y recuéstate. Ponte cómodo. Pronto entenderás todo.

Antonio y otros Ángeles

Víctor: ¿Todo de qué?

Dios te está transformando de humano a ángel. Tu nombre es Eddie. ¿Lo recuerdas?

Víctor: ¿Yo un ángel? No entiendo nada. Nunca había escuchado que los ángeles fueran primero humanos para transformarse luego.

Seba: No es así. Tu eres un caso especial. Y es totalmente diferente. Eras ángel y Dios te transformó en humano para ayudarte a tomar una decisión importante que debes tomar. No sabemos por qué, pero así lo quiso Dios.

Víctor no paraba de apretarse la cabeza como tratando de impedir tantos recuerdos y de escuchar tantas voces a la vez.

Yolanda: Necesitamos que no impidas el proceso. No lo rechaces y transfórmate.

Víctor: No entiendo nada. Sé que algo pasa, pero tengo miedo.

Seba y Yolanda se miran.

Víctor: ¿Cómo de que vienen de camino? ¿Quiénes vienen?

Seba: Te quieren matar. Aún eres mortal y hay una leyenda sobre el último caído que creemos que tiene que ver contigo. Los demonios creen que, eliminándote a ti, eliminan la leyenda.

Yolanda: Has causado muchos problemas para los del mal. Muchos demonios han decidido cambiar a colaboradores gracias a ti. Comenzaron siguiendo tu vida desde bebé por curiosidad. Luego algunos comenzaron a sentir empatía contigo como humano. Eso les cambió la perspectiva de cómo veían a los humanos. Los veían como criaturas engreídas y mal agradecidas que se creen merecerlo todo. Nosotros en una continua guerra y ellos viviendo una vida de fantasía fuera de la realidad. Luego al verte a ti, un ángel de los más poderosos, llorabas por sentirte solo, añorabas cariño, padres y pertenecer a una familia. Ver lo difícil que se te hacía levantarte por las mañanas sin ánimo de vivir. Muchos demonios comenzaron a sentir empatía y ver la fragilidad de la vida humana. No podíamos leer tu mente, pero sabíamos que era real tu sufrir.

Seba: Los que aún son del mal te odian. Te quieren muerto para que no sigas causándoles bajas.

Yolanda: ¿Qué recuerdas?

Víctor: (Pasándole por su mente varios recuerdos de su vida como ángel, y a la misma vez de su vida como humano) Estoy confundido. No sé en realidad quien soy.

Seba: Eres Eddie, un gran ángel.

Víctor: ¿Un ángel caído?

Yolanda: (Alegre) ¡Sí, estás recordando!

Antonio y otros Ángeles

Víctor: ¿Eso te alegra? Soy un ángel condenado. Prefiero ser humano. No quiero ser un condenado. Esto es peor que lo que pensaba. Soy uno de ellos.

Seba: ¡No eres uno de ellos! Aún no has decidido si serás del bien o del mal.

Víctor: No importa. Soy vómito (mirando a Yolanda) Soy vómito y condenado, aunque elija el bien.

Yolanda: Sabes que no pienso eso de ti. En cierto momento te dije así porque quería que reaccionaras y tomaras una decisión. Reconozco que no fue la mejor manera.

En ese momento llegaron los rabiosos y Yolanda comenzó a luchar contra ellos. Llegaron otros ángeles de refuerzos para ayudarla.

Seba: Eddie, necesito que aceptes tu realidad y te conviertas. Estás en peligro.

Víctor: ¡Soy Víctor! ¿Para qué deseas que me transforme? ¿Para salir de mí y cumplir tu misión? Regresar al paraíso porque ya no tienes humano que cuidar. (Ojos llorosos) Yo como Víctor, tenía la esperanza de ir al paraíso.

Seba: Sabes que mi naturaleza es preocuparme solo por ti. En ningún momento he pensado en mí. Lo digo por tu bien.

Víctor: Prefiero que me maten y quedar en el limbo o lo que sea que pase. Cualquier cosa es mejor que un caído condenado.

Seba: Aceptar tu realidad te librará de sufrimiento. Estas pensando como un humano. Los ángeles no tenemos eso sentimientos de culpa, de duda, o miedo. Acepta tu realidad y todo será para bien.

Víctor trató de bloquear su mente y el sonido. Solamente veía la guerra de todos esos ángeles luchando por él. Reconoció a algunos que eran amigos, antiguos demonios ahora luchando como colaboradores. Vió como luchaban por él y le entró un profundo sentimiento de culpa. Culpa desde que le falló a Dios como ángel y por todo lo sucedido. Viendo tanta maldad y sufrimiento por él, cerró los ojos y deseó que todo acabara.

Seba: Todo acabará cuando te transformes en Eddie, aceptes quién eres y tomes una decisión.

Víctor comenzó a desear el cambio y a atraer a su mente recuerdos de su vida como ángel. Comenzó a recordar momentos con sus amigos, demonios y colaboradores. Mientras más reales eran los recuerdos, su físico iba cambiando. Hasta que reconoció por completo su identidad.

Eddie: (Saltó, transformado completamente, saca su espada en el aire y grita) ¡Ya! ¡Basta!

Todos se quedaron frisados. Ya era tarde para los rabiosos. Ya no era un humano al que podrían matar fácilmente. Eddie abrió sus manos y se llevó a Seba y a Yolanda para la casa en North Carolina.

Yolanda: ¿Por qué quisiste venir para acá?

Antonio y otros Ángeles

Eddie: Siempre tan enérgica (Sonriendo). Dame tiempo para procesar todo. Aún tengo lagunas. ¿Qué pasó en mi ausencia? ¿Por qué me pasó esto? (mirando a Seba) ¿Yo tuve un ángel guardián? *Wow!* ¿Por qué Dios me castigó convirtiéndome en una de esas criaturas engreídas?

Le comenzaron a pasar recuerdos de su vida como niño y como joven indefenso y solo. Recordó su sufrimiento y su miedo.

Seba: (asombrado) Estás llorando. Los ángeles no lloramos.

Yolanda y Seba estaban sorprendidos.

Eddie: (Se sentó en el sofá con los codos en las rodillas y mirando al piso) Creo que la transformación no se ha completado. Cuéntenme ¿Cuál es la leyenda? ¿Qué tan grave es esa leyenda? ¿Qué tiene que ver conmigo?

Yolanda: No podemos decirte de qué se trata, pero ya sabemos que sí tiene que ver contigo. Siempre ignoramos la leyenda del último caído porque todos caímos a la misma vez. Pero en este último siglo algunos nos referíamos a ti como el último caído cuando hablábamos de colaboradores, de demonios, y de ti. Más ángeles fueron refiriéndose a ti con ese título para diferenciarte, hasta que sin darnos cuenta ese era tu título.

No hace mucho que Ramsés cayó en cuenta y volvió a recordarnos la leyenda olvidada. Como eres tan fuerte y talentoso, muchos creían que al elegir un bando armarías una guerra y que le iría mal al bando contrario.

Luego de unos minutos en silencio se enderezó en el mueble. Yolanda y Seba estaban sentados en otras butacas mirándolo, esperando a sus próximas preguntas. Los tres se miraban como dándole tiempo a que Eddie entrara en la conexión angelical y él solo encontrara sus respuestas.

Eddie: (Sonriendo mirando a Seba) No puedo creer que tuve mi propio ángel custodio. *Wow!* Ja ja Te tocó uno difícil ¿ah?

Seba: (Riendo) No tienes idea. Me hiciste trabajar duro.

Eddie se paró y se transformó en Víctor. Ven acá para agradecerte como te lo mereces. Ambos se abrazaron.

Eddie (Como Víctor): Como dicen los humanos: ¡Gracias de corazón!

Seba: Fue un honor.

Eddie: Qué pena que no tendrás la satisfacción de que sea salvo en el paraíso.

Seba: Me llevo la satisfacción de que con la vida que llevaste de humano, si hubieses sido salvo. Fuiste un gran chico a pesar de todas las pruebas que te pusieron. Pudiste haberte ganado el paraíso.

Eddie: (Se sienta al lado de Yolanda y dirigiéndose a ella): Como era un nene bueno, pues ¿ahora vuelves a ser mi amiga? (sonriendo)

Antonio y otros Ángeles

Yolanda: Siempre fui tu amiga. Los amigos decimos las verdades, aunque duelan.

Eddie: Me diste un lindo regalo. Sabes lo mucho que amo *New York City* y quisiste que lo viera como lo ven los humanos. Como ese mundo de fantasía donde "todo es perfecto". (haciendo las comillas con los dedos). **Nosotros creemos que el mundo de ellos es perfecto, pero no lo es.** (Eddie hizo una pausa y volvió a derramar una lágrima. La tomó con su dedo índice derecho y miró su dedo húmedo). **Las luchas de ellos son con ellos mismos. Luchan en sus mentes, esas mentes que pensamos insignificantes, pero no lo son. ¡No fue fácil! Los humanos no tienen conexión divina con Dios, como nosotros tenemos.** Ellos desconocen su existencia. Hasta los religiosos quienes están más cercanos a la realidad, solo tienen una idea o deseo que sea cierto su pensar. Esa guerra mental es constante y los aleja de la existencia de Dios. Se sienten solos, aunque estén rodeados de amigos o familia. Están vulnerables y solos sin dirección. Ahora los entiendo y no los veo como engreídos.

Se sienten vacíos porque les falta la conexión, les falta Dios. Ellos no saben que esa conexión es parte de su existencia. Que esa conexión la tenían cuando fueron creados, pero la perdieron al entrar el pecado al mundo. No saben que ese es el vacío que sienten, es porque están incompletos. Ignoran que ese vacío y soledad nunca se saciará hasta que muera la carne donde habita el pecado y ahí se encuentren con Dios.

Andan como *zombies* buscando algo que los llene o los distraiga. Cada uno siente que está mal, pero no saben que eso es normal y que todos se sienten igual. (ojos llorosos) Hasta Jesús lloró en este mundo como ejemplo de que Él entiende lo difícil que puede ser esta vida terrenal. Recuerdo cuando Jesús dijo en la cruz: "Padre por qué me has abandonado", cuando en ese instante tomó la culpa del pecado y perdió la conexión de Dios Padre.

El pecado en este mundo hace que pierdas esa conexión llamada "Gracia Divina".

Fue lindo ver el "mundo de fantasía," pero es mejor ver la realidad. Prefiero ver las guerras entre el bien y el mal, pero tener la certeza de que existe Dios. Que sé quién soy, no tengo tantas preguntas y dudas, me siento completo. Muchos humanos prefieren vivir un mundo aún más fantasioso para no afrontar la soledad. Ya no los veo como inútiles, sino como criaturas completamente diferentes a nosotros. Y sí, son hijos del Creador, creados a su imagen. Son poderosos, capaces de amar, de vivir con pasión y de perdonar sin ni siquiera saber completamente lo que es eso. No tienen la conexión ni saben de las maravillas, pero de todos modos son capaces de mucho.

Cada uno crea un tipo de conexión rara con Dios, aunque hay días que no saben cómo conseguirla, pero algunos si saben mantenerla. Es un tipo de comunicación que sale de ellos. **Definitivamente que son seres poderosos.**

Antonio y otros Ángeles

Sé que cuando llegue el final de los tiempos y Dios les de sus nuevos cuerpos, serán criaturas majestuosas y aún más poderosas. **(1 Juan 3:2-3)**

Fui un ignorante, porque es obvio que así lo serán. Es obvio porque son hijos del Creador.

Quizás los ángeles caídos fuimos parte del plan. Dios necesitaba atormentar positivamente a los humanos. Esto es como un "boot camp" para ellos. Para demostrar que pueden.

Mientras mayor la recompensa, más grande será la prueba. Deben demostrar su fidelidad y amor al Padre. Me arrepiento de haberlos visto como menos que nosotros. (Pensativo) Un santo llamado San Agustín una vez dijo algo que hoy comprendo: *"Fue el orgullo lo que transformó a los ángeles en demonios, pero la humildad lo que convierte a los hombres en ángeles".*

Eddie estaba meditando sus últimas palabras, cuando recibió la conexión angelical. Quedó en silencio por unos minutos como poniéndose al día de todo y con todos.

Eddie: (Se puso de pie y se transformó en ángel) Seba, antes de que te vayas, estoy listo para tomar mi decisión y quiero que estés presente. Pero primero quiero hacerle una visita especial a Kevin y Dios me ha dado el permiso.

Rebecca Sepúlveda

Eddie se le apareció a Kevin en su cuarto con apariencia de Víctor. Kevin estaba jugando un video juego y Víctor se le apareció al lado.

Kevin: ¡Qué susto me has dado! No te escuché entrar. ¿Ya acabaste tu tratamiento? ¿Cómo te sientes?

Víctor: Me siento mejor que nunca. Tengo algo que decirte, pero este secreto es solamente para ti. Has sido mi hermano desde que éramos chicos y Dios me permitió despedirme de ti.

Kevin: (Extrañado) ¿Dios? ¿Despedirte? ¿Qué pasa?

Víctor: Quiero que no te asustes y me creas lo que te diré. Me conoces y sabes que cuando hablo en serio es en serio. (Pausa esperando aceptación de Kevin) Mis visiones eran reales. Soy en realidad un ángel y estaba pasando por una prueba. No tengo permiso en decirte mucho, pero solamente quería que supieras que estoy súper bien.

Kevin: ¿Un ángel?

Víctor: Si no te asustas me puedo transformar para que me veas quien en realidad soy.

Kevin: (Un poco nervioso) Si.

Víctor se transformó en el ángel majestuoso y musculoso que es. Tan alto que se tuvo que jorobar un poco en el techo.

Kevin: *Wooow!*... ¡No lo puedo creer!

Antonio y otros Ángeles

Víctor: Sé que es difícil de entender. Vine a despedirme porque no sé cuándo me den permiso de volverte a visitar. Quería que no te preocuparas al no saber de mí y que supieras que yo estoy bien. Quiero que sepas que fuiste clave para la prueba que yo estaba pasando. Por ti aprendí lo que es la hermandad y el amor. (Se transformó otra vez en Víctor) Eres un humano excepcional. Sigue portándote bien y busca de Dios porque, aunque yo esté lejos, te estaré velando. (Víctor le despeinó el pelo como acostumbraba hacerlo.)

Kevin: (Con ojos llenos de lágrimas) ¿Pero que me haré sin ti? Te voy a extrañar demasiado.

Se abrazaron muy fuerte mientras Kevin lloraba.

Kevin: ¿Qué dirán en la escuela cuando no vuelvas?

Víctor: Me encargaré de eso. Creerán que fui transferido a otra ciudad. No te preocupes por eso. Si te pido no le digas a nadie, sabes que nadie entenderá.

Kevin: ¡Un ángel! Siempre supe que eras bueno, pero ángel... que tramposo. ¡Oh, perdón!

Víctor: (Riendo) Nada de perdón. ¡Está bien!

Kevin: *Wow*! O sea que el paraíso y todo eso es real.

Víctor: Claro que es real. Ahora te digo que, si Dios permitió que supieras, mientras más sabes, más se espera de ti. Busca de Dios y el buen camino para que seas salvo.

Rebecca Sepúlveda

Kevin: ¡El Paraíso! *Wow!* Por lo menos me queda la esperanza de que cuando muera estaremos juntos eternamente en el paraíso.

Víctor: (En silencio dolido cambió el tema) No sé si me permitan visitarte. Nunca olvides lo mucho que te amo. Nosotros los ángeles tenemos una conexión Divina así que, si necesita algo de mí, te puedo enviar la ayuda con algún otro ángel. No estás solo. Además, tu ángel guardián está contigo en todo momento. (Le dijo bajito en el oído) Se llama Derrick.

Ambos se rieron. Víctor volvió a darle un fuerte abrazo y se separó, diciéndole adiós con la mano derecha, desapareció.

Eddie al decir que estaba listo para tomar su decisión fue transportado a un llano de grama verde clara. Estaba frente a muchísimos ángeles y a su lado estaba Seba y Yolanda. Cerca de él estaban otros amigos como Yazmín, a los que saludó.

Eddie: Me hubiesen dicho que esto sería un gran evento donde nos reuniremos todos y lo hubiese hecho antes. ¿Qué hay después? ¿Un compartir y música?

Seba se reía de sus ocurrencias mientras Yolanda lo miraba con su acostumbrada mirada de reprobación.

Seba: (Riendo y bailando) Si hay música, pues que sea salsa.

Yolanda: Son tal para cual. Eddie, no es el momento.

Antonio y otros Ángeles

Se acercó una potente luz como el sol. La mayoría de los ángeles, incluyendo a Eddie, se inclinaron alabando al Señor. Solamente los demonios quedaron indiferentes.

Eddie: (Dirigiéndose a Seba) Me siento dichoso de tenerte a mi lado.

A Eddie le vino a la mente lo que le había dicho Seba (Pudiste haberte ganado el paraíso). Luego pensó nuevamente en el pensamiento de San Agustín.

Eddie: ¡Padre!

Todos asombrados que se dirigiera al Creador como Padre. Algunos demonios se burlaban diciendo que todavía se creía humano. Los colaboradores estaban ofendidos con la falta de respeto. Yolanda bajó la cabeza pensando que luego de esa burla, diría que escogía ser un demonio.

Eddie: (Luego de la distracción con los pensamientos y comentarios de todos, nuevamente comienza a hablar). ¡Padre! No soy digno, pero te pido perdón y te pido otra oportunidad. Eres un Padre Bueno. Tú como Dios te hiciste hombre en tu Santo Hijo Jesús y conociste el sufrir de los hombres.

Me permitiste la preciada honra de ángel a hombre. Ahora entiendo a tus hijos y los amo. (Pensaba en Kevin y lo que le dijo de que esperaba que vivieran juntos eternamente en el paraíso) Los respeto como tus hijos. Te entiendo mi Dios. Ahora entiendo mi Dios. (Pausa en silencio)

Hablo por mí y por los colaboradores. Me atrevo a representarlos y pedirte perdón de nuestra parte. Eres Dios de amor. Un Padre que sufre por sus hijos, por su mundo, por su creación y sus criaturas, incluyéndonos a nosotros tus ángeles.

No sé cómo explicarlo, pero estando lejos de tu conexión, añorando tu amor y siendo hombre, me acerqué más a ti. No escojo solamente ser colaborador del bando del bien, sino que escojo ser tu ángel otra vez. Servirte a ti, Mi Dios. Y pido lo mismo para los colaboradores arrepentidos que acepten que eres nuestro Dios.

Eddie se arrodilló alabando a Dios y así mismo lo hicieron los que se unían en esa petición, incluyendo a Yolanda. De pronto Eddie sintió que era parte de la conexión de la que le habían dicho que no pertenecía. Ya era parte de los colaboradores. En eso supo de la leyenda: El bien bajará al mundo para irse. El fin se acercará cuando el bien reine en naciones. Cuando el último caído hable, muchos se arrepentirán. El bien regresará a casa y en la tierra solamente reinará el mal con un amargo sabor. Comenzarán las guerras y esto será el principio del fin de los tiempos y para esos que el último caído abandone.

En eso Eddie sintió una nueva conexión. Se aparecieron muchísimos otros ángeles alrededor de la luz brillante y comenzaron a darle la bienvenida a casa a los colaboradores. Fueron nuevamente recibidos en el paraíso con el Creador. Yolanda y otros ángeles agradecían a Eddie por la iniciativa. Automáticamente comenzó la guerra entre los demonios. Muchos arrepentidos por no haber sabido que tendrían una oportunidad. Otros realmente malvados se alegraban de la pena de estos. Así fueron enemistándose entre ellos mismos.

Seba: (abrazándolo con mucha emoción) Después de todo, sí tengo la dicha de llevarte a casa.

Eddie: Hiciste un buen trabajo. Eres un gran ángel guardián. ¡Vámonos a casa!

Existen personas que creen en los ángeles, sin embargo, no aceptan un cien por ciento la existencia de Dios. Es como si prefirieran no analizarlo y se limitaran escogiendo hasta qué punto llegar.

No tiene mucha lógica el que crean solo en algunas cosas y que no acepten la realidad de Dios, el paraíso y la salvación.

A pesar de que vivimos en un mundo tan maravilloso, con misterios en el gran universo y tantas otras maravillas, a muchas personas se les hace difícil creer que exista un mundo mejor esperándolos.

Este mundo está contaminado con el pecado y aún así es increíble, así que debe ser lógico que en el mundo donde Dios habita debe ser mucho más hermoso y majestuoso porque es un mundo inmaculado y perfecto.

Deseo recalcar que estos cuentos son de ficción, pero que llevan un mensaje de que Dios es real.

Rebecca Sepúlveda

Sobre la Autora

La autora Rebecca Sepúlveda es puertorriqueña, graduada de la prestigiosa Universidad Sagrado Corazón en Puerto Rico. Allí completó un Bachillerato en Artes con concentración en Turismo.

Motivada por su pasión literaria, continuó su Educación Avanzada tomando talleres que fomentan su crecimiento en el ámbito de la escritura, en su alma mater, Universidad del Sagrado Corazón.

Comenzó a desempeñarse con gran éxito en la industria hotelera. Actualmente forma parte de la compañía de reconocidos hoteles internacionales Marriot. Donde ha obtenido reconocimientos por su excelencia y compromiso.

A temprana edad, comienza a sentirse atraída por la fe cristiana. A los 11 años ingresó en el *Movimiento Mini Seguidores de Jesús* en Vega Baja, Puerto Rico.
.
Fue una de las primeras integrantes al crearse el *Movimiento Seguidores de Jesús para Adultos,* donde se desempeñó en diferentes posiciones de liderato dentro de la agrupación.

Fue Asesora del *Movimiento* (actualmente llamado *Movimiento Oasis)* por varios años hasta que se mudó al estado de la Florida en Junio del 2017. Durante su participación en este movimiento, brindó conferencias con base cristiana y de transformación tanto para adultos, como para jóvenes.

Desarrollarse en su faceta como conferencista cristiana, fue un paso importante para reconocer su vocación y deseo de continuar llevando un mensaje de esperanza a los demás. Como también significó el principio de su compromiso por tocar vidas.

Su afán de servir, la llevó a ser parte de la Junta de Directores de la organización sin fines de lucro, *Fundación Caminando con Propósito, Inc,* ejerciendo el rol de Secretaria de la fundación por varios años.

Actualmente reside en Estados Unidos, en el estado de la Florida. Con este su primer libro, da inicio a una serie de libros de cuentos con base cristiana con el propósito de llevar un mensaje de fe y transformar vidas con cada historia.

Contrataciones:

La autora Rebecca Sepúlveda es la oradora ideal para ser contratada por su iglesia, escuela, organización sin fines de lucro, o empresa.

Utilizando como referencia su primer libro, *Antonio y otros Ángeles,* lleva un mensaje conciliador, que propicia sus espectadores replanteen su cometido en la vida.
Como también sirve de herramienta para llevar esperanza y motivación para vivir una vida llena de fe.

Para contrataciones pueden contactarla:

- 787.510.2149 / 787.345.7734
- Michelle Rodríguez: Representante
- bksepu1@gmail.com

Para Talleres en Puerto Rico recomienda al Movimiento Oasis
Contacto: Luis Figueroa al 787-969-3855